男孩女孩最棒手册丛书

男孩手册

动手能力训练

65招培养男孩五大能力

[英] 马丁·奥利弗/文

[英] 戴维·谢帕德/图

刘国伟/译

江西科学技术出版社

THE BOYS' BOOK 2
How To Be The Best At Everything Again

Written by Martin Oliver

Illustrated by David Shephard

致读者

　　你需要时刻小心，特别是在加热或使用尖锐物品的时候，切记要注意安全，还得听从有经验的成人的建议。一定要使用安全的防护工具，遵守法律及当地法规，并要考虑是否会影响他人。如因使用本书内容而产生任何意外或伤害，作者及出版商概不负责。

目录

 一 动手能力训练

　　喜欢动手组拆东西似乎是男孩子的标志。组装一个专家级的小火箭，打一个漂亮的蝶形领结，制作拐角也能看到的折射镜……通过这些训练让你像男子汉一样动手解决生活碰到中的种种困难吧！

二 生存能力训练

生存是人一生的第一能力。不管是遇到自然灾害还是处于人为险境，只要能提前训练好自己的生存能力，就能保护自己，救助别人，能将损失减少到最小。

三 学习能力训练

　　如果你还在死记硬背，那不叫学习。学习应该充满乐趣，而且不仅仅限于书本的知识，比如：用七巧板拼出各种各样的图形，学习千奇百怪的自然知识，训练一条只听命于自己的狗狗……

四 社交能力训练

社交听上去离你很远，其实近在咫尺：通过表演一个完美的侧空翻让朋友们刮目相看，讲个笑话在融洽的气氛中提升你的男子汉魅力……现在开始做做这些训练，你马上就会变成一个最受欢迎的人！

五 创意能力训练

你想过不提笔写出一个100吗？你想过做一个骑在马背上的牛仔吗？其实创意能力往往就在你的一些奇思妙想中，很多创意大师都是通过这些奇特的想法闻名世界的哦！

一　动手能力训练

　　喜欢动手组拆东西似乎是男孩子的标志。组装一个专家级的小火箭，打一个漂亮的蝶形领结，制作拐角也能看到的折射镜……通过这些训练让你像男子汉一样动手解决生活碰到中的种种困难吧！

本章精彩内容

煮个鸡蛋填肚子

如果永远不想饿肚子，就学会煮美味的溏心鸡蛋吧。如果你能让爸爸妈妈在床上享用煮鸡蛋加烤面包的早餐，说不定还能挣到额外的零花钱呢！

做好准备

提前20分钟把鸡蛋从冰箱里取出来。如果取出鸡蛋直接放进沸水中，鸡蛋很可能裂开。

如果匆忙之中忘了及时从冰箱中取出鸡蛋，取出鸡蛋后最好把它们在热水龙头下滚动一会儿。

最好别煮鲜鸡蛋，因为煮好的鲜鸡蛋壳儿难剥。煮鸡蛋应煮下出5天左右的鸡蛋。

找一个深底儿平锅，足够大就行。如果太大，鸡蛋就会来回滚动，彼此撞击，或者撞到锅边儿上。

照着做

1. 给锅里倒凉水，烧开。

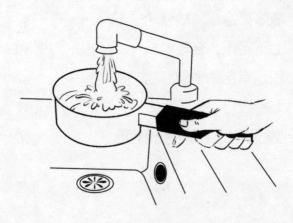

2．在每个鸡蛋上都扎个小眼儿，这样不仅可以释放出鸡蛋里的蒸汽，而且还能防止鸡蛋彼此碰撞。

3．用汤匙托着，把鸡蛋放进锅里。

4．降低热度，使水不再沸腾，只慢慢地冒泡。

5．设定时间，长短则要看你（或你的家人）喜欢吃多大个头儿的鸡蛋了。

6．计时。如果煮的是个儿大或中等个儿的鸡蛋，应不多不少，正好煮3分钟，煮出来的蛋蛋黄流淌，美味可口，如果煮的是特大个儿的鸡蛋，煮5分钟蛋黄还淌，煮7分钟就几乎不淌了。

7．到时间后，用汤匙小心地捞出鸡蛋，更圆的一端朝下放进蛋杯。

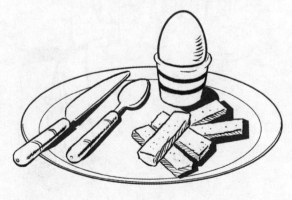

15

发射小火箭，成就大专家

成为火箭专家并不难，单单使用在你家附近能找到的一些材料，就可以让你作为火箭专家的生涯"起飞"。

你将需要

水，一包泡腾片，可溶性阿司匹林，一个35毫米高、盖子很紧的空塑料胶片容器（找一个相片冲印店去借）。

照着做

给胶片容器里注一夸脱水（水太多，火箭就会太重而飞不起来。最好做些试验，找到最佳的注水量）。

多动脑子，因为发射火箭很麻烦。

把一片泡腾片弹入胶片容器，迅速盖紧盖子。然后把胶片容器放在地上，盖子朝下。

当火箭升空时，最好站远点观看。

切记，一旦火箭制作好了，不要紧靠火箭站着，否则火箭起飞后会撞到你。

学打双套结，哪儿都用得上

双套结是你能学会打的最有用的结，几乎可以把一段绳索与任何东西连接起来。双套结可以用来系船，可以在攀岩时用来系牢绳索，把一根线与一枚曲别针连接起来更不在话下。

按照图示的简单步骤练习，把一段绳索与攀岩用的夹子（就是"岩钉钢环"）连接起来。

1. 用绳索绕两个相同的环。

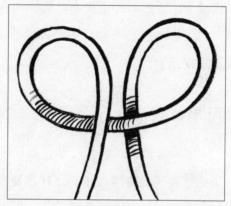

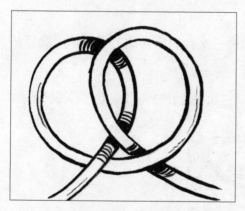

2. 把右边的环移动到左边的环前面。

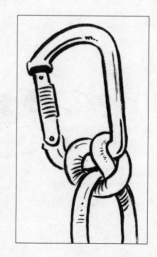

3. 打开岩钉钢环的口儿（夹子部分），把两个环穿进去。

4. 拉住绳索两端往下拉，系紧双套结。

轻松拧开果酱罐盖子

拧开最难拧的果酱罐盖子，展示力量与技巧，让家人和朋友刮目相看。

热水

如果是金属盖子，就给盖子上浇热水冷却20秒（注意别烫着自己）。或者，把热水倒进一个盆子里，把罐子头朝下放进去，这样水就会完全盖住罐子。千万不要用沸水，这样做有可能让罐子破裂。

用毛巾把盖子彻底擦干净。然后，戴上洗餐具用的橡胶手套，握紧盖子转动它。

简单方法

如果盖子仍然纹丝不动，就让罐子头朝下，在一个硬面儿上小心地但又结结实实地猛撞盖子。这样重复做两三次，然后转动盖子。不出意外，应该能轻而易举地拧开盖子。

提醒一下，拧开所有的螺纹盖子都应朝逆时针方向（从上面看）转动。

化装：谁也别想认出你

如果想甩掉跟踪你的人，如果跟踪你认识的人时不想被发现，就试试化装术吧，很有用的。

如果搞得好，完全可以让你在你经常活动的地方转悠而不被认出来。要做到这一点，最好的办法是不吸引别人的注意力。你越不值得别人注意，别人看你的时间就越短，你的化装就越有可能取得成功。

做好准备

仔细想想化装都需要什么东西，想想它们能否装进背包或书包，因为什么时候能用上，只有天知道。

你将需要

双面夹克，或双面上衣；眼镜，或太阳镜；梳子；时尚发胶；宽松衣服；棉球；粘贴文身；假鼻子；假发（在发型或颜色上一定要与你的真头发不同，在你们当地的化妆店应该能买到）。

改变体形

如果你多少有一点骨感，就努力使自己显得胖点儿。可以多穿点衣服，这样做还可以改变你的步态。可以在面颊下塞棉球，这样你的脸型就完全改变了。小心别把棉球吞进去，否则你可能会窒息。

如果你不够高，就努力使自己显得高点儿。别穿平底鞋，穿高跟鞋。把头发搞得蓬松点儿，别没精打采。或者，试着耸起肩膀，改变你的背影。

改变步态

如果可能，请一个朋友录下你走路的样子。要搞清别人怎么看你，这是一个顶好的办法。分析一下自己的动作，动脑筋想想怎样做些改变。

如果你通常是蹦蹦跳跳地向前走，显得生气勃勃，可以试着慢下来。走得更慢点儿，使自己的步态显得沉重而笨拙。

如果你本来走路慢，就练习走得快点儿。试着踩着趾骨球走，或者，身体前倾着走。请朋友录下你搞出的这些新花样，看看自己能否看出什么不同。可以迈着更大的步子走，甚至还可以稍微蹒跚着走。

改变说话方式

说话以及与别人交谈的方式常常使化装露馅儿。试着稍微改变一下你的口音，说话慢点儿，或者，声音低点儿。大声说话可能会让你不由自主地大笑。

关键是要自信

无论怎样化装，但最重要的，却是要表现得自然、自信。没有什么比犹豫或尴尬会更快地让你露馅儿。如果你犹豫、尴尬，很快就会引起怀疑。

学打蝶形领结

除了惊险动作、小型装备、小轿车，电影《007》中的詹姆斯·邦德最让人激动不已的还有一样，就是他打着蝶形领结时真是酷毙了。如果你曾经试着给自己打了个蝶形领结，想必已经知道，打这玩意儿太费劲儿，甚至比与各种野兽搏斗更让人头疼。想打一个超棒的蝶形领结，就照着下面的步骤做吧。

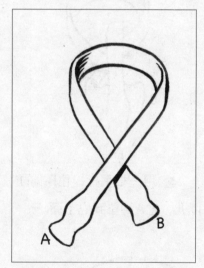

2．十字交叉，把A端拉到B端上面。

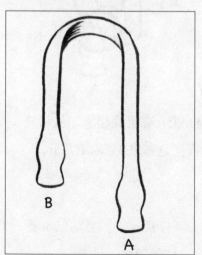

1．把领带绕到脖子上，领带的一端（A端）比另一端（B端）要稍长一点。

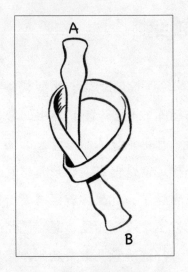

3．把A端塞到B端下面，上拉到下巴颏儿下面。

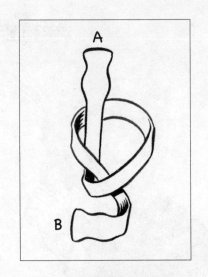

4．把B端拉成圈儿。

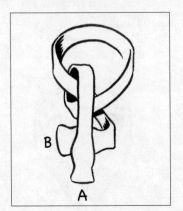

5．用一根手指捏住B端的圈儿，把A端拉到它上面。

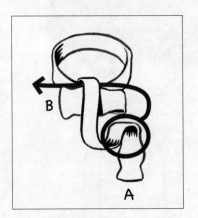

6．把A端重叠起来，从领结的背面把它塞进B端的圈儿里。

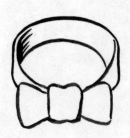

7．最后一步，打量一下，晃动但不要挪动，调整两端，打紧领结。

"詹姆斯·邦德的任务"大功告成。

鞭子甩得啪啪响

如果你看过牛仔电影或崇拜印第安纳州的琼斯，就会知道把鞭子甩得啪啪响看起来究竟有多么酷。接下来要教给你的，就是怎样把把鞭子甩得啪啪响。

鞭子

- 适合甩的鞭子主要有四种：牛鞭，信号鞭，蛇鞭，家畜鞭。
- 甩出啪啪响声的是这些鞭子磨损的末端，因此要挑一条末端磨损并且磨损处后面还打了个结的鞭子。
- 最长的鞭子有8米，不过对你来说，最好挑一条大约1.5米长的鞭子。鞭子不仅要握着舒服，而且还要与手掌"配套"，这样才能握牢它。
- 如果你还握不住鞭子，就在一根竹杖上系根2米长的晾衣绳，在绳子松着的一端打个结。不过说出来够你郁闷的，你可以用这根"鞭子"练习基本的甩鞭动作，但甩不出想要的啪啪声。

保护好自己

学甩鞭是一档子有可能让你疼的事儿，甩错了就会甩着自己。想保护好自己，就戴副墨镜，穿件厚夹克或厚衬衫，穿条长裤。此外，一定要戴手套。

切记，找一块场地，确保没有任何物体、任何动物、任何人在鞭子的"势力范围"之内。千万不要向人或动物甩鞭。

用手握紧鞭把儿，把鞭子的末端放在地上，沿直线后退，让鞭子在面前伸直。这一步的关键就在于确保鞭子直挺，不然的话，就等着鞭子甩到腿上吧。

练习甩臂

开始时，握鞭的手要指向地面，手臂应放松地垂在身旁。

接下来，手臂弯曲向上甩，让手高过肩膀。这时，手应该就在头旁，正对着耳朵。肘部则应对着前方，与鞭子将要甩出去的方向一致。做这个动作一定要流畅，不要猛地一拉。

如果这个动作做得正确，甩动手臂的速度应该足以让鞭子在你身后拉直。然后放下手臂，再次开始练习。

甩响鞭子

一旦掌握了上面的动作，就到了甩响鞭子的时候了。当向上甩臂时，与握鞭的手相对的另一侧的脚应向前跨一步。等到跨出的脚落地，握鞭的手应该抵达正对耳朵的那个位置。接下来，抖动手腕向前，动作与钉钉子的动作要一样。这时，鞭子也会抖动向前。

持续甩臂向前，直到它在你面前伸直，与地面平行（不能低，否则鞭子就会击中地面）。这个动作应该能让鞭子上形成一个圈，同时让你听到响亮的啪啪声，酷毙了。

催眠：想让他干什么就干什么

普遍认为，催眠是一种很管用的方法，可以用来影响人们的头脑，改变他们思考问题的方式。读读下面的文字，你就可以对朋友实施催眠，想让他们干什么他们就干什么，想象一下……

找出催眠对象

搞个测试，找出朋友中谁最易于被催眠，方法是请他们尽可能往上转眼球。谁的眼球转得越靠上，谁就越容易被催眠。

实施催眠

1. 选择一个安静、安全、不会被打扰的场所。

2. 只有在完全放松的情况下，一个人才会被催眠，因此应要求朋友躺下并闭上眼睛。接下来，要求他做个深呼吸；告诉他，当他呼气时，全身都要放松。

3. 说话要轻柔和缓。朋友越放松，就越有可能屈从于催眠力。不要用手表、钟摆等诸如此类的道具，这样做不仅不利于催眠，还很有可能干扰催眠对象。

提示朋友眼睛保持闭合状态，要求他做件简单的事情，比如说，右手中指上下移动。这种要求应重复几次。如果他不按要求做，那么应回到上一阶段，就是说，让他放松。

4. 如果朋友按要求做了，就可以做出些更有力的暗示。比如说，告诉他一只苍蝇正在他耳边嗡嗡，看他会不会去驱赶它。再比如说，暗示他房间里有一种很冲的气味，观察他的鼻子会不会抽。暗示要慢慢进行，同时不要提太过分的要求。不要横插一杠子要求他模仿小鸡的动作，他也几乎不可能照着做。如果暗示太傻，就有可能唤醒催眠对象。

结束催眠

　　如果想把朋友从"灵魂出窍"的状态中解放出来，只要这样说就行：
"我现在开始数数，当我数到五时，你就会睁开眼睛，就会醒来，就会感
觉轻松，像换了一个人！"

不要让运动鞋臭得熏死人

　　说起来也真是难为你，要不是技能够棒，要不是够辛苦，你的运动鞋怎么可能脏成长期睡大街的流浪汉模样？怎么可能臭得熏死人？可妈妈不但不理解你，还威胁说要把你的运动鞋扔进垃圾箱。怎么办？其实，要想让你的运动鞋从外面看干净，往里面闻没味儿，简单几步就能搞定。

　　•苏打汽水。给运动鞋里倒苏打汽水，每只一茶匙，摇晃摇晃。要让苏打汽水在运动鞋里停留一整夜，然后倒掉。

　　•旧袜子。找出一双虽然旧但是干净的袜子，放入干净的猫砂。把袜子塞进运动鞋，每只运动鞋里塞一只。要让袜子在运动鞋里停留一整夜。

　　•茶叶。试着给每只运动鞋都放进散茶，第二天早晨再倒出来。

泡沫战士是这样炼成的

打水仗是超棒的游戏，可以让每个人都变成落汤鸡。可要是打泡沫战，该怎样做才能够让每个人也都变成落汤鸡呢？想象一下。

你将需要

一大块空地（最好是花园或公园），

几个大塑料瓶（拧掉盖子的），洗涤液，小苏打，醋，温水。

1. 使劲儿给塑料瓶里挤洗涤液，接下来注温水到瓶子的四分之三高度，最后加入两茶匙小苏打。

2. 用手捂住瓶口，使劲儿摇一摇，让洗涤液噗噗地往上冒泡（千万不要盖盖子，否则瓶子会爆炸）。

3. 加入最后一种魔法原料，就是一茶匙醋。接下来，瓶子里的混合物会很神奇地变成泡沫。

4. 瞄准目标，挤压瓶子，射出泡沫，战斗开始。

切记，千万不要往"敌人"的眼睛里喷泡沫。

学会冲浪

从冲浪板上弹起：始于陆地

要想成功地从冲浪板上站起来，关键是要掌握"弹起"策略。"弹起"是一种基本动作，可以让你在最短时间内最顺利地站起来。

练习从冲浪板上弹起最好选干燥的陆地。如果在漂浮的冲浪板那样摇摇晃晃的平面上练习，唯一的可能就是落入水中。没有必要冒险。取出冲浪板，拆掉翅片式导向板（通常可以拆下），稳稳当当地，或者放在沙滩上，或者放在家庭花园的草地上，或者干脆就放在卧室地板上。

你可以这样做：

1. 平趴在冲浪板上，做一个俯卧撑（通过伸直手臂推动身体向上）。

2. 一旦手臂伸直，腿就要跳起来，脚尖向前，带动膝盖朝向胸部，呈蹲伏状。如果习惯用右手，则右脚应稍稍在左脚前面。

3. 腿伸直，呈双脚分开侧身站姿势。右脚应位于冲浪板正中附近，左脚则朝向板尾。

不要站得太直，也不要后仰，否则可能跌倒。应尝试并保持腿稍稍弯曲。身体稍稍前倾，用手臂保持平衡。

如果正奋力站起，应伸直手臂，双膝朝腹部上移，前脚滑向板尖。

应多多练习，直到能流畅地完成这一套动作。一旦掌握了怎样弹起，就把冲浪板放到水里，试着真正地赶几个浪。

赶浪要按规矩来

如果想以流畅的板上技巧雷人，就有必要掌握基本的赶浪原则。

抓起冲浪板照着下面的步骤做吧。如果照着做，很快就能赶着浪上岸。

1．身处齐腰深的水中，脸贴在冲浪板上，游向大海。一旦抵达了浪破点，就重心前移压低冲浪板前部，同时快速划水，潜到碎浪下面。这就是所谓的"鸭子潜水"。"鸭子潜水"的目的是通过浪破点，抵达浪涌起之处。

2．一旦抵达了浪涌起之处，就应停止划水，双腿劈开坐在冲浪板上，坐的位置应稍稍靠后。接下来就是等待，直到可以带你上岸的浪出现，要么是大浪，要么是移动速度很快的浪。

3．等浪靠近后，朝着岸边掉转冲浪板方向。接下来，平趴在板上，开始划水。身体不要太靠近板尖，否则就可能滑落水中。一旦感到浪正托举着你冲向岸边，就快速划水，能多快就多快。

4．一旦浪带你向前，就应停止划水。身体稍稍抬起，重心后移，使冲浪板以最快的速度移动。不过也不要太后仰，否则就会使板速降低。

5．一旦赶到了几个浪，就应做好准备，运用弹起动作，从板上站起。

切记，只有看到红黄旗在海滩上飘扬（意味着训练有素的救生员在海滩上，意味着游泳安全）时，才可以下海。至于下海区域，则应位于两面旗子之间。

如果海上的冲浪者很多，一定要小心，别挡其他冲浪者的路。如果在他们的浪上加塞儿，会惹他们不高兴。

千万不要一个人去冲浪，千万要在天黑之前回到海滩上。

如果在哪里看到"不准游泳"的标志，看到一面红旗，或者看到强水流警示牌，就不要在那里下水。

终于可以痛痛快快冲浪了

学会了赶浪及从板上弹起并不够，还要学会如何"骑"浪。

所谓冲浪，其实就是"骑"在浪的前部，与海岸线保持平行。这样做不仅可以冲浪冲得更快，时间也可以更久。练习当然少不了，此外最好读读下面的提示。

- 一旦浪带你向前，应快速弹起，让自己站起来。

- 如果想以最快速度冲浪，应沿着浪未破碎部分移动。要做到这一点，驾板的方向一定要正确。应保持身体下低（腿弯曲，采取蹲伏姿势），前脚朝着你打算冲过去的方向，同时重心也要稍稍地移到前脚上。

- 身体重量的绝大部分应保持在冲浪板的正中，否则就有可能翻倒。

- 眼睛应盯紧你打算骑在上面的那部分浪。

好了，你已经学会冲浪了。

英勇无畏的飞镖手

在卧室墙上挂个飞镖盘，练习投掷技巧，立刻会让你投中靶心。

如果照着下面的基本步骤做，一不留神你就会成为飞镖冠军。

握镖

不同的飞镖手握镖的方式也不一样。要想握得最舒服，需要做些试验。不过话又说回来，无论是谁握镖，都应遵循一些基本准则。

1. 用拇指和另外两根手指握住镖杆。

2. 保持在飞镖线上。如果指端发白，就说明握得太紧。如果施加的压力太大，飞镖就很难被干净利落地投出去。

3. 握直飞镖，与地面完全平行，不要朝上，也不要朝下。

身体定位

身体的位置也很重要。身体应稍稍侧向镖盘，使投镖的手臂距镖盘最近。一只脚应稍稍置于另一只脚前，"引导脚"（与投标手臂同侧）应与起投线（飞镖手站在后面投镖的线）形成正确角度，另一只脚用来保持平衡，但身体重心应放在引导脚上。

投出去

把飞镖对准镖盘上你想要投中的一点。弯曲手臂，然后伸直。当手臂完全伸直时，迅速抖腕投出飞镖。只能动投镖的手臂，肩膀则应完全不动。

在投镖即将终了时，投出镖的手指应指向地面。

投镖的动作应流畅。不要让镖在你的手指间滚动，就是说，不要让镖旋转。

在投出镖后，如果发现身体重心落在了身体一侧，就说明身体没有保持平衡。闭上眼睛，把一只镖奋力掷向靶心。这样做有助于保持平衡，也能让你搞清究竟是身体的哪一部位在动。

正中靶心

一旦熟练掌握了投镖，就可以参加投镖比赛了。

找个朋友，让他和你比赛。双方都以301点开始，轮流投标，每轮投三只镖。每轮结束后，分别计算两人的所获点数，然后从301点中减去。

就这样一直减下去，直到一位镖手的点数减到零。谁的点数最先减到零，谁就是赢家。

糟糕，饮料溢出来了

有一种玩笑可以短暂引起坐在餐桌旁的人恐慌，很棒，也很容易搞成。

你将需要

一个纸杯、白胶浆、

橘红色食品着色剂、

一个旧塑料袋、一把剪刀。

照着做

1. 拿个杯子，倒入一餐匙白胶浆，然后滴入几滴橘红色食品着色剂，使它看上去就像橘子汁儿，搅拌。

2. 在一个平面上摊开一个塑料袋，然后弄倒杯子，让白胶浆慢慢流到塑料袋上，形成溢出液体状。杯子一定要放在塑料袋上，挨着"溢出液体"的边缘。接下来，让白胶浆凝固。

3. 一旦白胶浆凝固，就用剪刀把"溢出液体"剪下来。

等待。等到为了某个特殊时刻，就可以安放"溢出液体"了。最好准备一个耳塞，你的小把戏被识破时没准用得上。

马爱吃的冰屋

想建一座冰屋却没有多少冰可用，怎么办？其实，不一定要用冰砖。练习一下，用糖块建一座好了！用糖块建"冰屋"，不但手不会太冷，"冰屋"建成后还可以拿去喂马。

建"冰屋"所需材料：

1盒子糖块，

1个直径15厘米的硬纸板圈儿，

500克高档糖霜，

3餐匙水，防油纸。

建造"冰屋"

1. 先建"冰屋"最底一层，方法是沿着硬纸板圈儿边缘摆放糖块。把水与糖霜混在一起，做成冰糊。接下来，就像涂水泥，把冰糊涂在每块糖

的面儿上。然后，把糖块放在"冰屋"底层的上面。别忘了给出入口留出空间。

2．接着往上建，给每块糖的上面涂一层冰糊。每层建好后都要停工大约20分钟，把冰糊晒干。最好建八层。糖块要交错摆放，使每层都比下面的一层往里收一点儿。

3．"冰屋"的拱形出入口与屋顶平台要单独建。应在一个平面上建，建时应垫上防油纸，以免它们粘在那个平面上面。建成后，晾晒几个小时，直到彻底晒干。一旦晒干了，就把垫在下面的防油纸剥掉。

4．一旦给尚未建成的"冰屋"涂上最后一层冰糊，就应小心安放出入口。给出入口多涂些冰糊，把它固定在适当的位置。接着，轻轻地把屋顶平台安放在"冰屋"上。再接下去，就是晒干"冰屋"。

5．把"冰屋"放在一个盘子上。剩下的，就是给"冰屋"撒一层糖霜，用北极地图装饰一下。"冰屋"是一件超棒的圣诞节装饰品，因此建成后还是把它交给妈妈吧。

懒虫，起床啦，穿衣啦

什么时候需要手忙脚乱地穿衣服，很难提前知道。读读下面的建议吧，如果下次再睡过了头，这些建议会为你节省不少宝贵时间呢。

• 头天晚上就挑出要穿的衣服。清早起来，每个人都多少有一点慢、有一点困，因此最好在清醒时就挑好要穿的衣服。如果这样做的话，那么当你半睡半醒时，就不用在衣柜前站太长时间了。

• 睡前脱衣服不要随随便便。如果第二天还要穿同一件衬衫、扎同一条领带去学校，睡前最好只是松松领带，还让它套在衬衫领子上；最好只解开衬衫最上面的两个扣子，一切都有条有理。这样的话，第二天清早就能迅速把衬衫和领带穿在身上。

• 保持两层或以上的衣服原封不动。如果同时穿一件T恤和一件套头衫，脱时要一次全脱下来，不要一件一件地脱。这样的话，第二天清早就可以一步到位。

• 袜子脱下后放在一起。这样可以确保第二天早上不会一只脚穿红袜子另一只穿蓝袜子出门。

• 睡觉时穿些衣物。如果天冷，睡觉时就不脱袜子。这样，第二天清早就可以少做一件事了。

练好高踢腿，成就功夫王

"高踢腿"是中国功夫中最出名的动作之一。对着镜子练习吧，试着踢悬挂高度与胸高一样的垫子也行。这样做可以提高踢腿的速度、精确度，可以增强力量。

照着下面的要求练，完善自己的踢腿技术，让自己在生机勃勃的功夫领域扬名立万。

• 与靶子成45°角站立。将要踢出的腿站得稍稍靠在臀部后，另一条腿则稍稍靠前。身体70%的重量应放在将要踢出的腿上。

• 把身体重量转移到另一条腿上，背部尽可能直挺。与此同时，让将要踢出的腿弯曲，抬起。用另一条腿支撑身体，使将要踢出的腿的膝盖正对靶子。膝盖要尽可能上抬（至少与腰部持平）。

• 高踢腿的目的是用脚面击中靶子，要做到这一点，踢出去的腿应迅速绷直。

• 一旦接触到靶子，就应迅速把腿收回。

千万不要用高踢腿踢人，除非遭到攻击。

上下吊床，轻轻松松

说到吊床，别提有多棒了！把吊床挂在花园的树荫下，上去，轻轻荡着，要多惬意就多惬意。

美中不足的是，上下吊床太费劲了，一不留神还会把屁股摔扁、脸摔红。怎么办？听听行家的建议吧。这些建议可以让你再不用胆战心惊了。

上吊床

紧握吊床两边，拉紧吊床中间区域。

不要跳上去。要把臀部放在刚才被拉紧的区域上面，身体重心放在臀部，稍稍后仰，脚则在地面上保持不动。

一旦背部放在了吊床上，就慢慢把腿摆离地面摆上吊床。

身体应稍稍斜着躺在吊床上。

下吊床

下吊床第一件要做的事，就是侧起身体。

慢慢把双腿移出吊床，慢慢下放，直到脚触着地面。

双手抓住吊床边缘。

身体重心一旦从吊床移到了脚上，就把吊床从身下推开。

如果时间把握准确，就会发现自己已经稳稳站着，而吊床则在身后摇摆。

就是有拐角也能看到

如果碰到拐角，看不到了，怎么办？如果在电影院里，镇上最大的小孩子坐在你前面，挡住了视线，怎么办？小菜一碟，制作一个潜望镜就行了。

你将需要

两个硬纸板做的果汁盒（洗净，晒干再用）；

一支记号笔；一把剪刀；一把尺子；

一条结实的带子；两个长方形小镜子。

照着做

1. 小心地剪去每个果汁盒的上部，把每个盒子都剪成正方体。

2. 在一个盒子的下部剪一个长方形的洞，洞周边及底部所留纸板约1厘米。

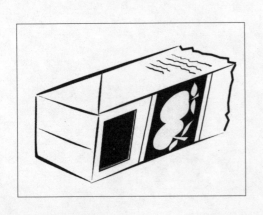

3. 把盒子平放在面前，然后把镜子平放在盒子的上部，让镜子的长边与盒子底部对齐。用记号笔在镜子右下角和左上角各点一个点，然后移开镜子，用尺子标着画一道连接两点的斜线。

4. 沿着画出来的线剪开一条狭缝，然后把镜子塞进去。把盒子转过来，从剪出的洞里往里看。不出意外，应能在镜子里看到被剪短的盒子上部。

5. 按照前面的方法，搞定另一个盒子。

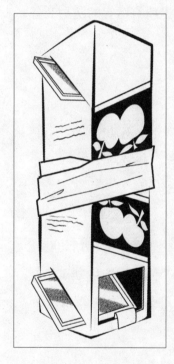

6. 把一个盒子翻个底儿朝上，然后放在另一个盒子的上面。下部的长方形洞口应正对着你，上部的洞口则背对着你。不出意外，应该能够通过下部的洞口看到你前面的东西。接下来，用结实的带子把两个盒子绑在一起。

潜望镜做好了，真高兴啊！你将发现，你前面的东西先被反射在上面的镜子里，接着又反射到下面的镜子里。想看拐角另一侧的东西时，就水平地拿潜望镜；想看墙或篱笆后面的东西时，就垂直地拿。

划船技巧

划小船时，想没想过表演一个漂亮的转动，让小船倾覆，然后再转出水面？这种转动是居住在北极圈里的因纽特人对控船技术及划船技巧的一大贡献。当因纽特人划着船去捕鱼的时候，就常常这么干。要想学会这种转动，就认真读读下面的文字吧。

切记，千万不要一个人去划船。划船时，要么有一个指导陪着；要么和班上同学一起，前提是有人在一旁监督。穿戴上所有适宜的防护装备，包括头盔与救生夹克。

照着做

在小船左侧持桨，桨要露出水面。腰部以上前倾，紧贴着小船前部。

接下来，身体向小船左侧倾斜，使自己与小船一起转到水下。

划桨

一旦身体转到水下，就应再次倾向左侧，使小船底朝上。划动舷外桨叶（离身体右侧最近的弧形部分），在水里划一个满弧，向后划离船舷。当处于水下时，这种"划桨"有助于转动小船，几乎可以使你露出水面。

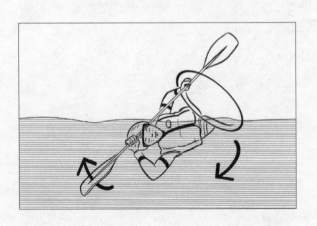

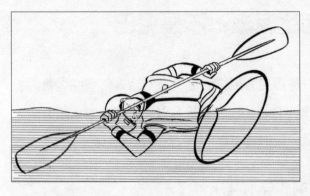

但如果想让自己完全露出水面，让小船以适当方式向上，还需要做一个"臀部快照"。

"臀部快照"的上半部分，是把小船划向身体左侧，然后再划回身体右侧。要做到这一点，腰部应完全扭向身体左侧，然后再快速地完全扭向右侧。如果想全部完成"臀部快照"，还应在最后一刻让臀部朝身体右侧突出。不出意外，不仅能抵达水面，并且有足够的力量把小船猛地转出水面。

在做"臀部快照"时，头和身体应始终处在水下。如果你先于小船抵达水面，小船就会把你拖到水下。

回到水面之上

"臀部快照"的冲力应该能让你露出水面。头部、肩部不要用力，也不要引导，否则不仅会扭伤肌肉，还会使你再次翻倒。

一旦身体直挺，就用桨迅速向前一划。这样做有助于在小船里正确复位。

密西西比泥派：不是泥巴

密西西比泥派其实是一种巧克力蛋糕。之所以叫这么个名字，是因为它与密西西比河的泥堤很像。它就是在那里被发明出来的。如果想做一个看着很脏吃起来却很香的派，就照着下面的方法做吧。

制作碎屑基座所需

易消化的碎饼干100克；

融化的黄油50克；

金砂糖25克。

制作馅儿所需

黑巧克力400克；黄油225克；

沸水2餐匙；稀奶油300毫升；

黑砂糖350克；鸡蛋6个；

直径20厘米松底蛋糕烤盘1个；

打成糊状的奶油1针管。

照着做

1. 把温度区间为190～375华氏度的烤箱开到第五挡（使用烤箱时，一定要有大人在旁边指导）。给蛋糕烤盘涂一些黄油。

2. 制作基座。把溶化的黄油、碎饼干、金砂糖掺在一起，用汤匙放到蛋糕烤盘里，摊平。

3. 制作馅儿。给一个小深底平锅注5厘米深的水，放到铁架上烧开。把一个耐热搅拌碗放进深底平锅，给碗里加弄碎的巧克力、黄油、两餐匙水，搅拌到巧克力完全溶化。

4. 把碗取出来，放入稀奶油与黑砂糖，然后迅速把鸡蛋打进去，使碗里的东西不至于被搅乱。

5. 把碗里的混合物倒入烤盘，倒到碎屑基座上。烤上1小时15分钟，或者，烤到上部稍稍酥脆。

6. 冷却，然后小心地把派从烤盘里取出来，浇上糊状奶油。

嗯嗯嗯嗯……好吃！

二 生存能力训练

生存是人一生的第一能力。不管是遇到自然灾害还是处于人为险境，只要能提前训练好自己的生存能力，就能保护自己，救助别人，能将损失减少到最小。

本章精彩内容

搭起你的帐篷来

在棒极了的野外跋涉了一整天，最迫切的心情莫过于爬进帐篷躲雨。如果想成为搭帐篷的行家里手，最好听听下面的忠告。

最佳的搭帐篷点

- 在天黑前，寻找一个地点，搭起帐篷。如果不在官方指定地点，搭帐篷前最好征得许可。
- 帐篷不能搭在山谷或沟里。如果那样做了，碰巧天又下雨，帐篷里就会洪水泛滥。
- 选择一个避风的地点。如果把帐篷搭在一片开阔地或山顶上，你的帐篷就有可能被风卷走！
- 选择一个尽可能平的地点。如果有轻微的斜坡，要确保睡觉时头比脚高。
- 检查有无野兽踪迹或昆虫痕迹。如果在蚁穴上搭帐篷，蚂蚁就有可能在你呼吸时爬进你的鼻孔。

搭帐篷

每个帐篷都不一样，有些帐篷会自动弹起，有些则需要杆子和外帐。因此远行前，有必要在花园或公园练习一下搭帐篷，熟悉帐篷的操作流程，这样就可以在夜幕降临那段有限时间内迅速搭起帐篷。

离家之前要做检查，确保所有的帐篷组件都在包里装着，确保使用说明书已经被包裹起来。

固定防潮布时，要使它尽可能地平整。要用橡胶锤猛击金属钉，让它穿过圆环。如果防潮布是分开的，一定要把它塞进帐篷里，以免水流入帐篷。

帐篷搭起时，要固定好拉绳（帐篷外的绳索），这样帐篷才不会有折

痕。把钉子打入地下时，要让其呈45°角，倾斜着离开帐篷。拉绳应该以90°角拉在钉子上。

如果看样子要下雨，应把拉绳稍稍松开，这样钉子就不易被拉出地面，帐篷材料也不易被暴雨撕裂。

收帐篷

收帐篷时，应首先整理防潮布。把它翻过来，晒干，刷掉上面粘的草或泥巴。

一个挨一个地拔出钉子。如果钉子不易拔出，最好用木槌来回轻击，让钉子松动。

捆扎帐篷前，应先整理好，晒干。即使时间紧迫，也应尽可能快地晒干帐篷，否则就会腐烂。

切记，去野营前，一定要告诉一个成年人你去哪儿。去野营时，最好带部手机，好随时让一个成年人知道你在哪儿。

茫茫大海觅生机

当你驾船以极快的航速在浪尖上游弋，突然小船开始下沉，微波荡漾的大海顿时变得凶险无比。要想生存，除了靠技巧、忍耐力以及运气，最好再听听下面的忠告。

待在船上

与待在救生筏上相比，待在船上生存可能性更大，因此不要匆忙弃船。即使船损坏了，也最好待在上面。为什么这么说呢？这是因为，船越大，越有可能被救援队发现；船越大，你受到的保护越好，从而远离风、海水、阳光的侵扰。

适宜的装备与给养

如果因为船沉没了不得不离它而去，那么救生筏上应配备必要的装备与给养。具体说来，救生筏上应配备一台短波无线电台、一部GPS接收器（就是全球定位系统接收器，可以计算出你在海上的准确位置）、一个罗盘仪、一把小刀、若干发自燃照明弹、一块防水手表、一个防水手电筒、若干条保暖毯、一盒放在防水容器中的火柴、一套急救装备以及干制食品。最重要的，救生筏上还应配备淡水。如果缺乏洁净的淡水，存活的天数就会大大减少。

切记，无论多么渴，都不要喝海水。海水的盐分是血液的3倍，身体会受不了。不仅如此，喝海水还会让你渴到极点。

除了水，还需要吃的。救生筏上应该配备有食物。即使食物吃光了，也用不着惊慌。海里鱼多的是，飞鱼甚至会落到救生筏上。如果没有钓鱼竿，不妨试着用细绳和金属丝或铝罐儿制成的鱼钩钓鱼。

可以生吃鱼肉，别忘了吃鱼眼。这两样不仅可以充饥，还可以解渴。
鱼内脏千万别吃，以防中毒。

海上漂泊

海水是头号敌人，因此保持干燥、待着暖和就成了主要目标。如果天
气寒冷，你就会陷入"体温过低"状态（始于体温低于正常值）。如果体
温过低，要不了多久你就会玩儿完。如果天气炎热，不要泡在海水里或在
阳光下暴晒，否则皮肤会受到损伤，进而引发水泡及其他感染。

因此，如果救生筏有顶棚，一定要用。如果没有，要趁早用单子或毯

子搭个帐篷，让自己远离海浪与阳光的损害。与把身体遮起来相比，暴露身体生存的时间要短些。

去留问题

即使清楚自己所处的位置，试着划向陆地也未必是最佳选择。洋流和潮涌可能会把你冲得更远，而划救生筏会消耗你宝贵的精力。

如果能在船沉没之前用信号弹发出一个遇险信号，最好就近待着，那样更有可能被潜在的救援者发现。

信号与生存

在茫茫大海上，小小救生筏中的幸存者很难被发现。因此，向过往的飞机或船只发出信号，就显得极其重要。如果配备有照明弹和短波无线电台，一定要会用，这样在任何时候都能发出求救信号。

如果这两样装备都没有，要么用便携式镜子朝救援者反射阳光，要么通过吹哨子或打手电筒引起救援者注意。如果连这些东西都没得用，还有最后一招儿，就是挥动色彩鲜艳的物品。

切记，航行前，一定要把路线和到达目的地的时间告诉给某个人。只有这样做了，当你没有按时抵达目的地时，人们才会知道到哪里找你。

牙齿掉了再装上

如果在踢足球、玩橄榄球时牙齿被打掉了，或者，在一次意外撞击中被撞掉了，不要惊慌。下面的这些简单步骤会帮你保存牙齿，直到牙医重新给你装上。要不了多久，微笑就会回到你脸上。

1. 找到牙齿。别碰牙根，而是要捏住珐琅质（牙齿的外层，色白，坚硬）。

2. 跑回家。把牙齿放进牛奶里彻底清洗，除去血迹、泥土或污垢。

3. 找个带盖子的干净塑料容器，把牙齿放进去，然后倒入牛奶，完全盖住牙齿。

4. 尽快带着牙齿去找牙医（在牙齿脱落1~3小时内）。

如果照着这些步骤做了，那么你就会有一半的机会把牙齿重新装上。

烈火中逃生

房屋失火难得碰到一回，但如果碰到就有可能让人小命不保。因此，应经常检查，确保每个家庭成员都知道在房屋失火时如何应对。接下来，给你提一些有用的建议。

防患于未然

任命自己为家庭防火总指挥。应绕着房屋，选好位置，安装烟气报警器（每层至少装一个）。应经常逐个检查报警器，每周至少一次，确保里面安装的电池工作正常。无论任何时候，都不要让任何一个家庭成员从报警器中取走电池，用于玩具或其他器具。

大火熊熊燃烧时

一旦发现房屋内有烟，应唤醒每一个人，迅速撤离。不要为带任何东西而停留。东西没了可以再添，人没了就什么也没了。

如果可以从一扇门出去，打开前应用手背触一下。如果门是凉的，应能安全通过。把脸转一边儿，然后将门打开一条缝，确定可以通过后再行动。

如果浓烟弥漫、火焰熊熊，赶紧趴下。等呼吸不太困难后，再手膝着地爬向出口。

如果通过了出口，应把门关上，这样做可以在10分钟内延缓火势。

如果触门时门是热的，则应改变逃离路线。如果打算从一扇窗户逃离，应确知如何将其打开。如果需要打碎玻璃，应用床单、毛巾或枕头把它盖住。同时，应用织物保护好手与胳膊。应把所有的玻璃击出窗框，只有这样，当爬过窗户时，才不会被玻璃划伤。

如果身处有自来水的房间，应用水浸湿茶巾、窗帘、枕套或毯子，然后用它们堵住门下或地板间的任何一条缝隙，这样做可以防止烟渗透进来。

应在最短的时间内给危机处理部门打电话。一旦救援队抵达现场，应让那些专业人士着手开展工作。他们经过专门训练，配备了专业工具，做起来比你在行。

一旦从火场逃离，应尽可能远离燃烧的房屋，同时检查一下，确保所有人都逃了出来。

对付公牛有办法

下次到乡下时，要瞪大眼睛看。如果田地里有任何看起来凶巴巴、公牛状的大型动物，千万别进去，特别是这种动物自个儿待着时。一般情况下，只是在与母牛紧挨着时，公牛才会快乐一点。至于别的时候公牛快乐不快乐，就很难说了。不过，如果真的在田地里撞上了一头愤怒的公牛，要对付它，也不是没有办法。

待着别动

不要往公牛身边凑。做任何能做的事，让公牛不再对你感兴趣。这家伙很生猛，就像你听说过的那样，因此尽管本能告诉你要逃，也千万不要

那么做。公牛的嗅觉与听觉比人好，但视力差。如果你动了，就会引起公牛的"关注"。

要盯紧公牛，一旦它离开了或者似乎对你没了兴趣，就应慢慢地、稳稳地向田地外走。

冲啊

如果已经来不及，公牛冲过来了，就应该逃了。公牛跑起来很快，追上人轻而易举。结果就是，如果不想被公牛伤着，要么逃进附近的建筑物，要么逃到坚固的大门或栅栏后面。

当公牛冲过来时，应使出吃奶的劲儿来转移它的注意力。可以脱下夹克，在空中拼命甩动，吸引公牛的注意。接下来，趁公牛还没有靠你太近，甩掉夹克，越远越好。一般情况下，公牛随后会对夹克而不是你"展开调查"。如果公牛依然和你没完，就重复上面的动作，能脱下多少层衣服就脱多少层，直到成功脱险。

提醒一下，如果穿着红颜色的衣服，不要惊慌。告诉你吧，与其他颜色相比，公牛对红色并不更敏感。

切记，千万不要带着狗穿越牛场。所有的牛都讨厌狗，特别是公牛。如果牛瞅见了狗，多半会"怒火中烧"。

骑上骆驼去兜风

虽然在西欧和美国很难看到骆驼，但在世界的其他地区，早在数百年前，骆驼就被用于运送货物和载人了。

骆驼步子大，脊背强壮，骑起来既快又有趣。骆驼的速度可以达到每小时60千米。在澳洲和中东，骑骆驼大赛人气很旺。

如果你有机会骑上这种单峰或双峰的动物，那么就有必要了解下面的事项。

找到适合骑的骆驼

除非想进医院，否则想都别想去骑没有受过训练的骆驼。应该找一个驯化的骆驼和一个有经验的驯养师。

确保骆驼已经被清洁过，身上的砂砾、石子都已经被耙掉了。只有这样，当你骑上去的时候，才不会被划伤。如果骆驼没有被耙过，就用一把花园用的耙子把它们的毛耙耙。

骆驼鞍是用带子系住的，因此很灵活，完全可以随骆驼的动作移动，根本不会滑下来。要请驯养师检查鞍子是否已经系牢，确保你跳上去时不会掉下来。

骑上去

除非有升高的平台，否则骆驼只好跪下或躺下来让你骑上去。要请驯养师把一只脚踏在骆驼的前腿上，确保在你搞定之前，骆驼不会站起来。

把一只脚放进一只蹬子，然后另一条腿跨过鞍子。做这些的时候一定要自信，让骆驼知道你可不是闹着玩的。

稳稳坐在鞍子上，同时做好准备，等骆驼站起来。身体要后仰，因为骆驼站起时后腿先站起。等骆驼前腿站起时，身体则要前俯。

"驾驶" 骆驼

与骑马一样，骆驼骑手也是用缰绳来指挥骆驼。然而骑马与骑骆驼也有区别，就是骆驼的缰绳通常与它鼻子中的一枚钉子连接在一起。要自信地握住缰绳，不要猛拉猛扯。猛拉猛扯缰绳不仅会弄痛骆驼，还会把它惹恼。如果骆驼发火了，你就等着受罪吧。

如果想右转，就稍稍拉紧右手握的缰绳。如果想左转，就反着做。当骆驼正确执行了指令，应该放松缰绳。如果还是拉着缰绳不放，骆驼就会犯嘀咕。

请驯养师给骆驼系上一根专门用于引导的缰绳。当你学骑骆驼时，引导缰绳可以用来给骆驼引路。

进入摇摆状态

骑在一只缓步而行的骆驼上面出奇地舒服。与马不同，骆驼总是摆来摆去，因为后者向前走时，会在同一时间抬起身躯同一侧的两只蹄子。一定要随着骆驼的摇摆而摇摆，如果不这么做，待在鞍子上的滋味够你受的。

提醒一下，不要发神经，否则骆驼也会那么对你。要放松，要享受骑骆驼带来的快感。

下骆驼

当你骑够了要下来时，还需要骆驼跪下去。应请驯养师将引导缰绳轻轻下拉，同时用一根棍子轻击骆驼的前腿。当驯养师这样做时，你还必须发出"酷士"（"骆驼语"里的"躺下"）指令。不出意外的话，骆驼会顺从地跪下来。

一旦骆驼跪下或躺下来，要从蹬子上站起来，一条腿跨过驼背，然后跳下去或走下去。

一定要轻轻拍拍骆驼，让它知道，对它的耐心，你充满感激。

木蠹蛾幼虫"味道好极了"

在澳洲的灌木丛中，生长着一种木蠹蛾，当地的土著有时会吃这种蛾的幼虫，"味道好极了"。

吃木蠹蛾幼虫的方法共有两种。

• 生吃。把这种蠕动着的小动物放进嘴里，咬住它的颈部开始咀嚼，越快越好。生木蠹蛾幼虫的味道像坚果味儿奶油，很好吃。

• 煲成汤。煲木蠹蛾幼虫汤要去头。用食用油煎一捧木蠹蛾幼虫，煎到皮酥脆。加入一些剁碎的洋葱，放盐、胡椒。倒入半公升鸡汤，炖半个小时。熟木蠹蛾幼虫的味道介于烤鸡肉与煎鸡蛋之间。

提醒一下，如果实在搞不到木蠹蛾幼虫，就用对虾代替来煲汤。对虾要去头、去腿、去壳。尽管这样做好了，没有必要告诉那些流口水的家伙真相。

切记，揪住对虾不放才是个好主意。这是因为，要想搞准你正在吃什么虫子，对虾是必不可少的。此外，与吃一种受保护物种的幼虫相比，吃对虾更安全。

走扁绳，更刺激

　　"走扁绳"有一点像走钢丝，走扁绳表演者也是走在一条悬着的细绳索上，也能雷倒家人和朋友。不过走扁绳与走钢丝也有不一样的地方，走钢丝表演者走的是拉紧的绳索或缆绳，而走扁绳表演者走的是特制的橡胶管或"带子"。正因为如此，走扁绳更刺激，带给人的快感更强烈。

　　如果想走扁绳，首先要掌握正确的拉扁绳技术。至于走扁绳所需装备，你们当地的体育用品店或休闲品中心应该有卖。

你将需要

三个岩钉钢环（金属制攀岩用夹子，有弹簧口），

两根短扁绳或"带子"（长3.5米，宽至少20毫米），

一根长扁绳（长15米，宽20毫米）。

拉起扁绳

1. 找两棵间距约5米的树，树要壮实。

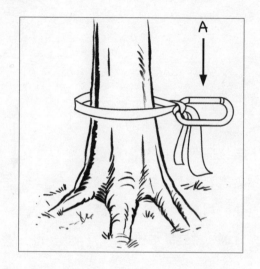

2. 把一根短扁绳（扁绳1）绕在一棵树上，距离地面1.5米。接下来，把绳子的两端拉到一起，用双套结打一个岩钉钢环（岩钉钢环A）。

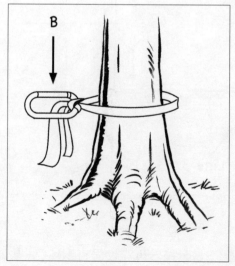

运用相同方法，把另一根短扁绳（扁绳2）绕在另一棵树上，然后用双套结打一个岩钉钢环（岩钉钢环B）。

3. 返回第一棵树，用双套结把长扁绳（扁绳3，就是主绳）的一端系在岩钉钢环A上。

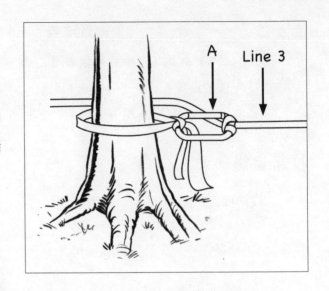

4. 把长扁绳的另一端拉向另一棵树，在距离岩钉钢环B约30厘米处，用双套结打一个岩钉钢环（岩钉钢环C）。

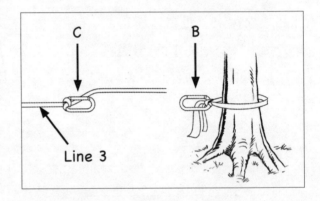

创建一个滑轮组

5. 创建一个滑轮组，控制主绳的张力。要做到这一点，应拉扁绳3穿过岩钉钢环B。接下来，把扁绳3回拉，穿过岩钉钢环C。

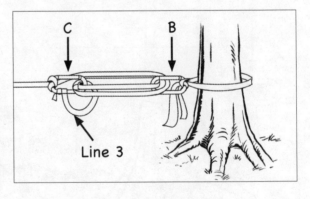

6. 把扁绳3再次回拉，穿过岩钉钢环B，紧接着再穿过岩钉钢环C，从

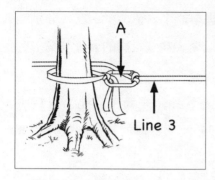
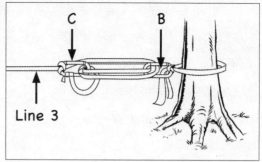

而形成双环。要确保第二个环能套进第一个环。接下来，把扁绳3与岩钉钢环C松松地系在一起，让滑轮组保持在一个适宜位置。

7. 在走上扁绳之前，从岩钉钢环C上解下扁绳3，轻轻拉住它的末端。等扁绳紧到可以走了，把扁绳3重新与岩钉钢环C系在一起，让它保持在适宜位置。做几次绷紧度试验，直到找到一种让你可以舒服地走在扁绳上的绷紧度。如果扁绳太松，当你走在上面时，扁绳就会失去弹力。如果扁绳拉得正确，应该如下图所示的那样。

自信地走在扁绳上

请个成年人检查一下扁绳是否安全。如果安全，就可以开始学习走扁绳了。

最好不要从扁绳一端开始走，要从扁绳中段走。请两个朋友，分别站在扁绳两边，扶着你。要光着脚，把扁绳紧紧夹在每只脚的大趾与第二趾之间。

头保持水平，总是目视前方，不要向下看。试着在扁绳上保持平衡。保持平衡最好从臀部开始，从臀部开始比从身体的其他部位开始效果都要好。

伸展手臂，与肩同一水平，就好像在模仿飞机，这样能让你更稳一点。不过话又说回来，别指望扁绳静止不动。当你站在扁绳上时，它会摇晃，而这正是走扁绳的独特之处。走扁绳的诀窍是让自己的身体随着扁绳的晃动而移动，如果你不这么做，就很有可能从扁绳上掉下来。

把身体的重量放在右腿上，左腿小心向前迈出，直到左脚舒服地落在扁绳上。紧接着，把身体的重量转移到左腿上。

达到平衡，接着用同样的方式迈出第二步，第三步……好了，不用再学了，你已经会走扁绳了！

钓到螃蟹最好放回去

如果在海边或有潮涌入的河流旁度假，钓螃蟹最棒了。其实钓螃蟹很容易，即使不懂"专业知识"，缺乏高级装备，也能钓到。

你将需要

一根线，或一根钓绳；

一个金属钩（金属挂衣钩就行）；

一个螺母，或螺栓；

一些生咸肉，用来做饵料；

一个水桶；一个小鱼网。

照着做

1. 把钩子系到钓绳的末端，然后紧挨着钩子在钓绳上系螺母或螺栓（可以让钓绳下坠）。

2. 找个钓螃蟹的好地方，比如说，海港防波堤旁、桥边、浮动平台边，等等。鱼多的地儿不好找，但螃蟹多的地儿有的是，犯不着找幽僻的地方。

3. 给水桶里注满海水或河水，如果咸肉多，放进去一点。

4. 在钩子上挂些咸肉（挂好后要把手清洗干净）。

5. 把钩子扔进水中，抓牢钓绳，等钩子沉到水底。

6. 沉住气，直到感觉钓绳被轻轻拖动。接下来，慢慢上拉钓绳，看看有没有钓到螃蟹。不出意外，应该有一只螃蟹在钩子上挂着。小鱼网伸下去，从钩子上取下螃蟹，放进水桶里。

记住，螃蟹是活生生、有感觉的动物。对它们要温柔，在哪里钓到了，就在哪里放回去。不要扔，否则可能会伤到它们。不要放在岸边，否则鸟会吃了它们。

提示一下，不妨规定一段时间（比如说，20分钟），看看你能钓到多少螃蟹；与朋友比赛一下也不错啊，看谁钓的最多。

闪电拿你没辙

阳光灿烂，你走在去商店的路上。突然天空暗了下来，雷暴不期而至。如果严格照下面的建议去做，就可以安然无恙。

• 一旦看到闪电，就开始数数，计算一下要过多少秒才能听到雷鸣。接下来，用秒数除以3，就可以得出雷暴与你之间大概的距离。

• 如果雷鸣紧随闪电，时间不到20秒，那么就说明距雷暴中心不远，应立即开始行动。

• 避开棚屋、开顶的小轿车、树木、旗杆以及移动通讯天线。如果有可能，最好躲进一个封闭的大型建筑。

• 进入大型建筑后，要离电话、水龙头、电器（例如，电视机、电脑，等等）远点儿。这些东西都是电导体，闪电电荷可以通过它们传导。如果触到这样一个已被闪电击中的导体，产生的电流就会流入身体。再说一遍，一定要离它们远点儿！

• 即使不能安全进入大型建筑，而是身处一片无遮蔽区域（例如，田地、海滩，等等），也不是没有办法。到那时，应摘下并扔掉佩戴的所有金属物件（例如，手表、戒指、项链，等等。这些物件也是电导体）。接着跪下来等雷暴过去，膝盖、手指、脚趾应着地，头应低向地面。

学飞行员说话，紧急时自救

如果收听过飞行员的交谈，就会知道他们用一种特殊的系统来拼出单词。这种系统就是"口语语音字母表"，在用对讲机交谈时，可以避免引发混淆。记住下面的字母表吧，如果觉得自己碰到了紧急状况或重要时刻，没准用得上。

A：开始　　B：暴徒　　C：笨蛋　　D：三角洲

E：应声虫　F：狐步舞　G：高尔夫　H：旅馆

I：印度　　J：朱丽叶　K：一千　　L：利马

M：麦克风　N：十一月　O：奥斯卡　P：爸爸

Q：魁北克　R：罗密欧　S：齿状山　T：探戈舞

U：制服　　V：胜利者　W：威士忌　X：X射线

Y：美国佬　Z：祖鲁人

下面有几个比较有用的词，掌握起来也可能更容易一些。

"你在哪儿？"，

"有人受伤吗？"，

等等

Mayday：救命啊！

Roger, Over and out：结束交谈。

Ten-Four：确认你明白了对方发出的信息。

Sit-rep：接受"情况报告"。

洪水中逃生

沿河、沿海或地势低洼地区难免洪水泛滥，洪水往往不期而至。如果生活在这些地区，或者到这些地区度假，做好抗击洪水准备就显得至关重要。

应急包

身边要常备一个应急包。应急包应放在一个既容易获取又高于洪水线的地方。

应急包应密封在一个防水容器里。

你将需要

密封在瓶子里的饮用水；

一个医疗箱；

几张当地地图；

信号设备（一个手电筒，一部手机）；

一套备用衣服；

一个睡袋，或者，

几条毯子；

几个密封的塑料包

（用来装护照及重要文件）。

准备工作

能否提前知道到洪水或海啸将至事关生死，因此要注意收看、收听电视或电台的新闻快报。

假期第一天就应熟悉所在地区。应在高地，或一个既高结构又合理的

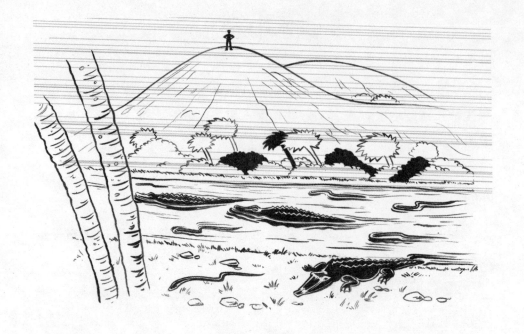

建筑物里，预先确定一个集合地点。应让所有家庭成员都知道从度假建筑群到集合地点的路。应避开易遭洪水的低洼地区。

如果办得到，应确保每个成员都随时随地携带手机，都清楚其他成员及危机处理部门的号码。

该离开了

如果非常走运，提前获悉洪水即将袭来，必须做好离开房屋的准备。应关掉所有燃气用具，切断所有电器的电源。如果办得到，把家具及贵重物品移到楼上。

洪水裹挟的大型物体对人是个威胁，因此应把家庭轿车锁在车库里，插上门。应竭尽所能地拴住任何大型物体，以免被洪水冲走。

拿上应急包，向着集合地点，出发。

千万不要以为跳上汽车疾驰而去就能逃脱洪水。记住，洪水比汽车跑得快。

不要禁不住诱惑去趟看上去浅浅的洪流。即使水流只比膝盖高一点，也不要冒险在里面趟。不仅如此，水流有时看上去不猛，可要真趟进去就难说了。湍急的水流施加在腿上的压力如此之大，会轻而易举地让人失去平衡、跌倒。

如果已经被冲入洪水，应奋力抓住可以攀登上去的物体。置身水中，就有被洪水裹挟的瓦砾击中的危险。此外，在世界上的一些地区，野生动物（如蛇、鳄鱼，等等）也是潜在的威胁，因为它们也可能被洪水裹挟进去。

高地

一旦抵达集合地点，就立即用手机向危机处理部门通报所处位置。要让所有与你在一起的人明白原地不动等待救援的重要性。

等待救援期间，应向受你保护的人定量分发食物与水。要阻止任何人饮用洪水，因为洪水已经被污染，并且有可能致病。如果有人受伤，就打开医疗箱为他治疗。

三 学习能力训练

如果你还在死记硬背，那不叫学习。学习应该充满乐趣，而且不仅仅限于书本的知识，比如：用七巧板拼出各种各样的图形，学习千奇百怪的自然知识，训练一条只听命于自己的狗狗……

本章精彩内容

七巧板拼出的图形真不少

七巧板是很早以前古代中国发明的一种拼图。

如图所示，需要把一个正方形硬卡片切割成七部分。

七巧板拼图的目的是把硬卡片的七部分拼成不同的图形，拼成让人认得出的形象。仅仅用这硬卡片的七部分，就能拼出多得惊人的图形。

兔子晒太阳

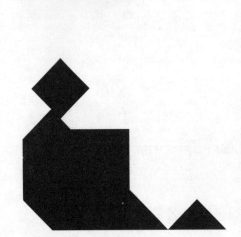

在花园里休息

擦车的人

开始拼吧。这里有一些图形，你可以试着用硬卡片的七部分拼一下。把这些图形拼好后，接着拼，看看你到底能拼出多少图形。

各国首都，张口就来

注意到了吗？无论是地理测验，还是电视测验及常识问答，总会问及各国首都。记住下面的各国首都，用广博的知识雷倒所有人。

澳大利亚：堪培拉

智利：圣地亚哥

埃塞俄比亚：亚的斯亚贝巴

加纳：阿克拉

印度尼西亚：雅加达

朝鲜：平壤

立陶宛：维尔纽斯

尼泊尔：加德满都

巴比亚新几内亚：莫尔兹比港

卢旺达：基加利

坦桑尼亚：达累斯萨拉姆

越南：河内

也门：萨那

白俄罗斯：明斯克

多米尼加：圣多明各

芬兰：赫尔辛基

海地：太子港

牙买加：金斯敦

韩国：首尔

蒙古：乌兰巴托

阿曼：马斯喀特

卡塔尔：多哈

斯洛文尼亚：卢布尔雅那

乌拉圭：蒙得维的亚

威尔士：卡迪夫

津巴布韦：哈拉雷

记忆大师不难当

如果在历史测验中答错了历史事件的发生日期，忘了录下最喜欢的电视节目，忘了给小狗买饼干让它挨饿，用不着郁闷。想成为记忆大师并不难，照着下面的方法做就行了。

熟能生巧

与朋友玩下面的游戏，让记忆力处于巅峰状态。

在朋友到来前，搜集20种东西，如

铅笔、塑料玩具、DVD、

大杯子、袜子、钓鱼竿、

盛冰淇淋的圆锥体、手机、

石块儿、钥匙、回形针、棒球帽、

书、汤匙、苹果、糖块儿、剪刀、

尺子、手表、溜溜球，

把它们放在桌子上，然后用桌布盖上。

等朋友到来、围拢在桌子旁时，掀开桌布，20秒后，再盖上桌布。接下来，让每个人写出他们能记住的东西。谁记得最多，谁就是赢家。

记忆技巧

听从下面的忠告有助于提高记忆力。

• 想没想过，为什么你能记住你喜欢球队的比分，却记不住某个以前的国王的名字？答案很简单，是球队体验到的欢乐（和痛苦）让你更容易记住他们的胜利（与失败）。试着把某种情绪与要记的信息联系起来，方法是发现更有趣的细节。例如，阿尔伯特亲王1861年死于伤寒症。他的遗孀维多利亚女王穿上黑色衣服，一穿就是40年，天天如此，直到死去。了解这些情况后，记住阿尔伯特亲王的死亡日期的可能性就更大了。

●试着"制作"应记东西的"心灵图片"。这样做不太容易忘记。例如，如果总是忘记给宠物喂食，不妨想象它正在干某件荒唐事，比方说，啃房顶。只要这种视觉形象在头脑中一闪，就会激发记忆。

●如果想更容易记住某些信息，不妨编写一些与之相关的韵文或者造一些难忘的句子，这样做很管用。这里有个有效的办法，可以让你记住太阳系中所有行星的名称，以及它们在太阳系中（由内向外）的顺序。记住，冥王星（Pluto）再也不是被正式认可的行星了。请看这个句子：My Very Educated Mother Just Served Us Noodles.（我教养良好的妈妈只给我们吃面条。）这个句子的每个单词的首字母与每个行星名称的首字母一模一样：Mercury（水星）、Venus（金星）、Earth（地球）、Mars（火星）、Jupiter（木星）、Saturn（土星）、Uranus（天王星）、Neptune（海王星）。试着这样做吧。

训练一条好狗狗

虽然教会老狗一些新把戏并非没有可能，但毫无疑问的是，培养、提高小狗的顺从性更容易些。如果运气好到能得到一条小狗，那么你就有机会与最毛茸茸的"家庭成员"一起度过一段美好时光。不仅如此，如果在小狗刚进家门时付出些许努力，那么在它渐渐长大的同时，你也会获得一流驯狗师的鼎鼎大名。

躺下

1．握住小狗的颈圈儿，让它蹲在你面前。手里拿些狗食，让小狗瞅见，馋它。

2．朝着地板，将狗食向下移动。小狗要想瞅见狗食，就只能移动全身匍匐下来。握牢颈圈，以防小狗把狗食叼走。

3．当小狗开始匍匐时，清晰地发出"躺下"的指令。

4．如果小狗不听你的，就鼓励鼓励它，轻轻抓住它的前腿往地面上放。这么做的时候，别忘了重新下达"躺下"的指令。

5．一旦小狗躺在了地板上，就把狗食给它。

6．重复做这样的训练，不过，以后每当小狗听从了指令，奖赏最好换成给它的耳朵、脖子挠痒痒，并装出一副大吃一惊的样子。

好狗狗

• 既要时间短，也要有趣。给小狗上训练课时间要短，同时还要有趣，这样你毛茸茸的朋友才会乐意学习。

• 别搞得那么复杂。给小狗的指令应简单、清晰、易于执行，要知道，它只是一个小动物，没有能力执行任何复杂的指令。要一遍一遍地重

复指令，让它深深印在小狗的记忆里。

● 好狗狗。要肯定小狗，多鼓励它。此外，奖赏也不能少。如果小狗犯错了，不要惩罚它，而是要让它明白，犯错是不会被容忍的。如果小狗有良好表现，就给它足够的拥抱作为奖赏。

学网虫说话，把网虫雷焦

知道怎样说话才像个资深网虫男孩儿比穿着打扮对路重要得多。如果不想被看成讨人厌的"想成为网虫的男孩儿"，趁早学点网虫语言。

被押了宝的（Staked）：得意洋洋的

摧毁了一些空气（Blast some air）：（在一块板上）跳

杀手（Killer）：好极的

装模作样的人（Poseur）：想成为网虫男孩儿的男孩儿

可憎的臀大肌（Odious Maximus）：引起憎恨

伪造的（Bogus）：劣等的

凶残的（Heinous）：极坏的

隔开（Space）：忘记

变成灰色（Grizzle）：睡得好

撕成碎片（Shred）：进展顺利，或者，走得快

变冷（Chill）：放松

Rents（英语中"父母"一词的后半部分）：父母

金属扣眼（Grommet）：初成网虫者

大吵大闹（Barney）、疯子（Kook）：差劲儿的网虫

Scarfage（仿造的词）：食物

哟（Yo）：你好

Howzit：最近怎么样（How is it going）

后来（Later）：再见

Hasta（西班牙语，"再见"一词的一部分）：再见

柠檬也能让灯泡亮起来

人人都在谈绿色能源。知道吗？还有"黄色能源"呢！仔细读读下面的文字，就能找到用柠檬让灯泡亮起来的办法。

你将需要

一个新鲜的大柠檬，

一个约5厘米长的锌螺丝钉，

一个约5厘米长的铜螺丝钉，

一组圣诞树灯泡，一把钳子。

照着做

1. 轻轻挤压柠檬，或者，把柠檬放在一个硬面上滚动，使柠檬里面的汁流动。别弄破柠檬皮，否则柠檬汁就会流出来。

2. 把锌钉拧进柠檬的一侧，铜钉则拧进相反的一侧。不要把钉穿透柠檬，也不要让它们在柠檬里触到一起，它们的末端应相距大约2厘米。

3. 用钳子从圣诞树组灯上剪下一个灯泡，灯泡基座两边的电线应留约5厘米长。不妨请一个大人帮你做这事。

4. 小心地剥去电线上的绝缘皮约2.5厘米，露出里面的金属线。

5. 把一根电线上露出的金属线缠绕在锌钉上。

6. 把屋子里的灯拧暗，拉上窗帘，或关闭百叶窗，迅速把另一根电线上露出的金属丝缠绕在铜钉上。

7. 盯着看，就会看到"柠檬黄电"已经让灯泡亮起来了。这是因为，柠檬汁与金属接触后产生了化学反应，进而生成了电。这种电完全可以让灯泡亮起来。

拼图天才不是天生的

圣诞节到了，家里都是亲戚。其中一个亲戚把几千片小拼图片倒在地上，要和你比试一把，看谁先拼出来正确的图画。那个拼图拼起来真是太费劲了！如果不想在除夕夜还坐着发愁，就按照下面的步骤做吧。

1. 找一个大房间，把每一片拼图片都从盒子里倒出来。

2. 把想要拼成的那幅图画支在身边，确保自己能看清楚它。想要完成拼图，那幅图画是最好的提示。

3. 用一两个平面分开所有小片。这一两个平面将会成为图画的边缘。

4．用能找到的所有边缘小片拼出图画的边缘部分（通常是长方形）。这会让你对图画的形状与尺寸有一个大致的判断。

5．把所有剩下的小片放到刚拼出的图画边缘之外。这会让你不再被迷惑。

6．按组别把颜色相近的小片聚到一块儿，然后对照图画，判断这些小片可能属于图画的哪个区域。例如，可能属于天空，属于云朵，属于水域，等等。

7．把那些特别的小片（例如，组成鲜红色轿车的小片，或者组成黄色船的小片）收集到一起，拼出来图画的相应部分。

8．如果卡壳了，就到图画上找轮廓、线条、图形。什么样的轮廓、线条、图形都成，可以是一个建筑物的窗户，可以是斑马线，可以是人行道边缘，前提是必须能把一些小片连在一起。接下来依然是把它们拼出来。

9．招牌与语词最容易被发现，因此要重点找和它们相关的小片。把这些小片拼好应该不难，拼好后放在图画上的大致位置也应该没什么大问题。

10．别泄气。如果的确陷入了困境，可试着把剩下的小片按相似形状分成组。接下来，如果能确定某个小片属于一个图形，就可以一个一个地找出组成那个图形的所有小片。就这样干，直到搞定图画。祝你好运！

提示一下，拼图过程最好定期中断。通常情况下，如果拼图重新开始得稍晚一点，就会让你迅速找到那些似乎根本没指望找到的小片。

再好的罚球队员也只能苦笑了

设想一下，你是守门员，而你们队被判了一个点球。怎么应付？不要惊慌！如果没有扑住点球，所有人都不会责怪你。如果扑住了，你就成了英雄。照着下面的做吧！照着下面的做，你就会成为球队的一段传奇。

• 按照规则，在对方罚球队员踢出点球之前，守门员不能离开球门线。怎么办？应展开双臂，分开双腿，在球门线的中间点附近上下跳跃。这样做不仅会使你成为最大的盾牌，也有可能骗住对方罚球队员。

• 当对方罚球队员在做射门准备时，应认真观察他的肢体动作。他的眼神也许会让你判断出他将把球朝哪边踢。

• 观察对方罚球队员的表情，看他是紧张还是放松。如果表情紧张，那么他踢出点球时可能会犹豫，或者，踢出的球软绵无力。如果表情放松，那么他可能会把球踢过你的头顶，秀一下自己的射门技术。如果能预判出来他将怎样罚球，剩下的就只是做好高高跃起把球扑住的准备了。

• 如果对方罚球队员惯用右脚，那么他罚球时很有可能踢球的右侧。这就意味着球会被踢向球门中央或者左侧，应做好相应的扑救动作。

• 一定要扑出去。就是球被狠狠踢向球门中央，也可以用腿或脚把它挡出去。要在球即将被踢出前的一刹那扑出去。球速一般都很快，如果在球被踢出后才做出扑救动作，那么球就可能已经入网，一点挽救的余地都没有了。

如果照着上面的做，运气再好那么一点点，你就会以"最佳球员"的身份离开球场。

学习致命毒蛇的知识

到别的国家或本国的其他地区旅行，难保不会遭遇毒蛇。

如果真的遭遇了毒蛇，要保持镇静，试着慢慢移出它的势力范围。如果已经被咬了，应立刻获得医学帮助。如果能确定咬你的家伙是哪一种，说不准就能保住小命，因为这有助于医护人员对"蛇"下药。

下面介绍的这五种毒蛇，一些专家认为是世界上最致命的。用心读读对它们的描述，好把它们辨认出来。

内陆太攀蛇（亦称猛蛇）

原产地：澳大利亚干旱、贫瘠地区。

毒性排位：第一。这种蛇的毒液是世界上最致命的，只要1毫克就能要人命。

特性：通常不活跃，但只要受到刺激就会攻击。

外观：最长可达1.7米；背部、侧面、尾巴通常呈淡褐色。

澳洲棕蛇

原产地：澳大利亚、印度
尼西亚以及巴布亚新几内亚。

毒性排位：第二。这种蛇
在澳大利亚咬死的人最多。

特性：攻击性很强。

外观：最长可达近两米；

身体上多为棕色；背部有花
纹，包括色彩斑斓的条纹、斑
纹；在地面上的移动速度很快；发怒时，头抬得很高，呈S状。

马来环蛇（亦称蓝环蛇）

原产地：东南亚。

毒性排位：第三。这种蛇的毒液毒性是眼镜蛇的15倍。

特性：白天胆小，晚上攻击性强。

外观：最长可达1.5米；背部有黑色与白色的条纹，与腹部相连处条
纹变宽；头正灰色，嘴稍亮一点。为了保护自己，这种蛇常常把头藏在盘
起来的身体当中。

虎蛇

原产地：南澳大利亚、塔斯马尼亚岛及其附近小岛。

毒性排位：第四。在不做医学处理的情况下，被咬的人超过半数会死。

特性：如果受到威胁，攻击性很强。

外观：最长可达1.5米左右；通常有虎纹状条纹，颜色有黄黑色、棕色；腹部苍白；如果受到威胁，会发出响亮的嘶嘶声，头抬起，就像准备攻击的眼镜蛇。

锯鳞蝮蛇

原产地：中东、中亚、印度及其周边地区。

毒性排位：第五。这种蛇咬死的人比别的任何一种蛇咬死的都多。

特性：攻击性强，易怒。

外观：最长可达1米；头短小，梨状；眼睛奇大；体侧下部的鳞呈45°角突出；如果受到威胁，身体会蜷成一些叠在一起的C状卷，发出响亮的嘶嘶声；移动迅速，移动时体侧卷曲。

机场地面管制员比画的原来是这个啊

如果曾经观察过飞机在机场降落，可能会注意到某些人。这些人身穿高可视性的衣服，戴着护耳器，正在向飞行员挥动手臂。这些人就是地面管制员，他们的工作是在飞机平安降落后，对飞机加以引导。

地面管制员与飞行员沟通时，使用一套信号系统。世界各地的飞行员都熟悉这种系统。地面管制员必须清晰地发出信号，这样才不会使飞行员犯糊涂把飞机开向错误的方向，否则就会出事了。

下面有十种最常用的信号，好好看看。下次再到机场，就会知道地面管制员在干什么了。

启动引擎　　　　　　　　　　　　　　警报解除

正常停机　　　　　　　　　　　紧急停机

右转　　　　　　　　　　　　　左转

继续向前

减速

火险

关掉引擎

推杆与老虎伍兹一样棒

设想你参加了一场高尔夫培训班的教学赛，胜利在望，只需推球入洞。这时，应该怎么做？

不要急躁

设计一条想要球走的线路，就是说，从击球到球入洞这段时间里球的运动轨迹。

正确站位

采取侧身站姿势，肩部与球杆的柄应形成适宜的角度。身体重量应均匀地放在脚上，保持身体稳定。与球的距离应该近，近到击球时既不受到束缚，又不需身体前倾。球杆末端的击球板应一直是平的。

正确的推杆动作

用手掌（而不是用手指）握住球杆，握紧，但不要挤压，否则肩膀会绷紧，进而影响到挥杆动作的流畅性。在整个推杆过程中都应保持握杆的稳定性，确保击球动作的流畅。

开始推杆。举起球杆时，肩膀应向后动；摆动双臂击球时，肩膀应向前动。推杆时，手既不要翻转，也不要转动。

如果要把球击向远处或击上坡，需要加力。这时很容易失去对肩膀和手臂的控制，进而使推杆产生灾难性的后果。要想避免这种情况的发生，可把一只手套塞到离洞近的那只手臂的腋下。在击球过程中，手套应始终处于腋下。

瞄准小目标

推杆练习必不可少。把两个球座（塑料小台子，击球前球放在上面，可以防止球滚动）钉到地上，两座相距约10厘米。接下来，尝试把球推到两个球座中间。这样做比推球入洞困难，因为推球稍稍偏离中心，球就会碰到球座弹回。如果坚持练习，等到真的参加了比赛，就会发现球洞似乎宽多了，推球入洞的可能性更大了。

养宠物就养蝎子吧

蝎子是广受欢迎的宠物，养起来也十分容易。蝎子的寿命通常是六年。如果有兴趣养蝎子，不妨读读下面的建议。这些建议不仅可以确保你的安全，还可以让蝎子一直处于巅峰状态。

蝎子要选对

买蝎子之前最好做些准备工作。可去一家好的宠物店，询问自己应该养哪一种蝎子。帝王蝎恐怕是最受欢迎的一种宠物蝎。这种蝎子是黑色的，最长可达20厘米，长着一个像蜜蜂刺一样的刺。其他适合当宠物的蝎子还有泰国黑蝎及爪哇丛林蝎。

蝎子是不合群的生物，因此最好单独养。

住着舒服

买一个10加仑的玻璃箱，带能锁上的盖子，这足够你的蝎子朋友住了。

蝎子最喜欢待在温度始终保持在25°C的地方，因此有时需要给箱子加热。想给箱子加热，就应买个加热垫（一种电器，安装在箱子下面）。如果天气炎热，室内温度升到了25°C以上，一定要关掉加热垫。

应定期给蝎子供水。买一个浅的盛水容器，这样蝎子就不至于淹死。此外，在容器底部放些石子，好让蝎子在上面爬。蝎子喜欢挖个洞藏进去，因此应给箱子放块木头，好让蝎子爬到下面去。

向宠物店主问清楚蝎子是来自雨林还是沙漠，这很重要。如果来自雨林，就给箱子里加一层6厘米厚、松松的泥炭混合物，然后覆盖上一层兰花皮碎片。用家用喷壶给上面的一层喷水，保持潮湿。如果来自沙漠，就给箱子里加一层约10厘米厚的沙子（到当地的宠物店询问加什么样的沙子最好）。

吃得痛快

蝎子是"食肉动物"，应给它吃蟋蟀或粉虱。蟋蟀和粉虱可以上网购买，宠物店也应有卖。一周给蝎子放投三次食物。喂蝎子一定要在晚上，因为野生蝎子捕猎与进食一般都在晚上。

切记，千万不要拿蝎子，否则会被蜇痛。一些蝎子的刺特别危险，如果被蜇了应立刻寻求医学护理。无论是给蝎子喂食，还是清理箱子、换盛水容器，打开箱子一定要等到蝎子离开盖子之后再动手。如果箱子开着，一定要盯紧蝎子。如果蝎子向开口处移动，要迅速把盖子盖住。当干完了要干的事，一定要把盖子锁上。

跳自己的霹雳舞，让别人羡慕吧

听着，该要些地道的霹雳舞动作了！下面的这套动作，练好不容易，更要命的是，信心也要有几麻袋才行。不过，一旦掌握了这套动作，就可以即兴发挥，形成自己的霹雳舞风格。

提醒一下，一开始不要太快。好好练，很快就能既不费劲儿又干净利

1. 手放在地上，两手距离稍稍大于肩宽。两腿则要叉开得更宽一点儿。

2. 右手上抬，左腿移到右手此前的位置。

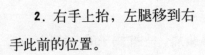

3. 右腿在左腿后弯曲，使右脚差不多处在臀部下面。

4. 接下来，右腿不动，左腿摆到臀部下面，使双腿不再交叉。

5. 身体重心移到右臂（臂支撑的身体重量越大，腿就移动得越快）。左腿不动，右腿前摆到左腿前。

6. 右腿不动，左腿后移。这是个关键点，做好要多练习。

7. 右手移回起始位置，左腿落到地上。

落地做了。

给那帮家伙们秀一把，让他们瞧瞧咱跳得才叫牛！

四 社交能力训练

　　社交听上去离你很远，其实近在咫尺：通过表演一个完美的侧空翻让朋友们刮目相看，讲个笑话在融洽的气氛中提升你的男子汉魅力……现在开始做做这些训练，你马上就会变成一个最受欢迎的人！

本章精彩内容

表演完美侧身翻

与侧手翻相比，侧身翻是一种更能给人留下深刻印象的惊险动作。要表演侧身翻，需要做更多的练习，掌握更高的技巧。侧身翻的初始动作与侧手翻完全一样，但头朝下时双脚应并拢，落地时也应朝向起始方向。

按照下图所示步骤，完善侧身翻。此外，练习一定要在体操垫子上进行。

1. 如果习惯用右手，就右脚前跨一步（如果是左撇子，则左脚前跨），同时，如图所示，双臂举过头顶。

2. 向前猛冲，双手依次落在垫子上（就像表演侧身翻）。接下来，依

次踢起双腿，直到它们全部与你的头处于垂直方向并保持一会儿。

3．双腿向垫子落下时，应转动身体。

4．落地时应朝向起始方向。

最后，提醒你一下，落地时，应稍稍弯曲双腿，这样可以减弱落地产生的冲击力。如果落地时发现自己失去平衡，不要向前迈一步，应向前一小跳，因为后者看起来就像动作的一部分。

溜溜球明星就是你

　　学会了伙伴们流行玩的溜溜球上下运动，就能在朋友们面前大秀一场了。就是说，掌握"睡眠者"技巧，扔出个"直传球"或"遛狗"，等等。如果想掌握下面介绍的技巧，就买一个质量好的溜溜球吧，当然了，认真的练习也缺不了。

睡眠者

　　所谓"睡眠者"，其实是说，控制好溜溜球，让溜溜球"睡着"，不反弹回来。

　　把溜溜球握在手中，手背向下。朝着肩膀，向上弯曲手臂。伸直手臂，从手中稳稳放出溜溜球，用手腕把它轻轻弹向地面。

　　当溜溜球到达了最低点，要让手静止一会儿。这会确保溜溜球在拉线的末端"睡着"，虽仍然旋转，但不会弹回来。几秒钟后，手心向下，猛地一拉溜溜球，让它回来。

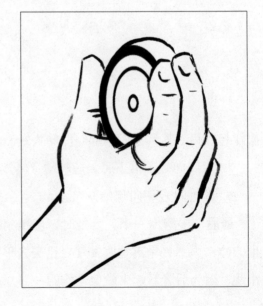

直传球

把溜溜球握在手中,手背向上。不要把溜溜球甩向地面,而是要水平地扔向前方。当拉线拉直后,猛地拉回溜溜球。最后,把手翻过来,这样就可以直接把溜溜球抓到手里。

遛狗

向平地扔一个"睡眠者"(要看到对立的一面)。当溜溜球正在"睡眠"时,向下放,让它接触地板。一旦溜溜球接触到地板,就会滚动着远离你。最后,猛拉拉线,让溜溜球回到手中。

发型糟糕别发愁

如果你曾经理了个糟糕透顶的发型，不但没能在校园里扮酷，反倒在班里成了笑柄，那么就读读下面的建议吧。这些建议可以帮你撑过去。

●**冲个淋浴**。一般情况下，经过认真的浸泡、冲洗、晒干，即使遭受过"深重灾难"的头发也会好看一些。就是没效果，至少脖子不会痒了。如果效果达到最佳，则有可能挽回"损失"。

●**向专业人士求助**。找当地的理发师，看看他们能否"修复"你"破损"的头发。

●**采取极端行动**。如果刘海摆个不停、头发这一绺那一绺，还不如干脆理个平头（头发一律短的发型）。理平头前，要征询妈妈的意见，如果妈妈同意，就找一个理发剪，把它交给你信任的随便哪个人（理平头几乎不可能出错）。理了平头，耳朵可能会冷一段时间，但至少看着比较酷，另外，也不用买发胶了，能省不少钱呢。

●**戴帽子**。糟糕的发型是个顶呱呱的理由，可以让你戴上你想要但爸爸妈妈不舍得买的那种很酷的棒球帽。当然了，有时候你会迫不得已摘下帽子，使糟糕的发型暴露。怎么办？简单，你就说"都是帽子惹的祸"。

"厄运手指"好恐怖

把朋友叫到一起，告诉他们你有一个好恐怖的"毁灭手指"。这个手指真是好恐怖好恐怖，能让罐头瓶凹下去。想不想玩儿一把？如果想，就去找一个空罐头盒儿（装豆子或西红柿的那种），练习一下，再掌握一点儿表演技巧，然后把朋友叫到一起。

拿出罐头盒儿，向朋友发出挑战，请他们只用一根手指把它弄凹或压变形，除了不准扔，无论用什么方法都行。不出意外，你的朋友中应该不会有人能做到这一点。

把罐头盒平躺着放到地上，然后向朋友宣布，你将只用一根手指弄凹它。

把你最有劲儿的那只手的食指放在罐头盒的中部，然后用另一只手的手掌拍打那根食指。罐头盒肯定会凹下去，你就等着向观众鞠躬吧。

魔法咖啡杯：骗你没商量

告诉你一个戏法，如果表演成功，会让观众相信，你拥有一只没底儿的咖啡杯。

你将需要

满满一杯咖啡、一个杯托、

两块儿糖以及一个好骗的朋友。

照着做

1. 把咖啡杯放在杯托上，左手拿起杯托。让朋友看着，右手拿起一块儿糖。至于另一块儿糖，则要偷偷地放进杯托下的左手里。

2. 让杯子与杯托微微向朋友倾斜，这样朋友就完全看不到被藏起的那块儿糖了。

3．把右手中的糖块儿丢进咖啡杯。一旦这块儿糖落到了杯底，就迅速把左手中的那块儿糖丢到地上。

所有这一切的关键是时间的把握。要多做练习，直到一块儿糖看起来真的穿过了一个没底儿的咖啡杯。

伪造伤口：好痛啊

　　想不想让朋友相信你有个好恐怖的伤口？想不想在万圣节前夜派对中谋个角色演演？照着下面的要求做，伤口就会出现你身上。练习当然少不了，不过值。

你将需要

红色乳霜以及与肤色相配的肉色乳霜；

化妆刷；卸妆刷；一袋吉利丁；

一根棒棒糖棒；红色食品着色剂；

一餐匙玉米粉；棉花芽；

一张手巾纸；一杯热水。

照着做

　　1．想在哪块皮肤上伪造伤口（在腿上练习最容易），就把它清洗干净，用卸妆刷除去油脂，用手巾纸轻轻拍干。

　　2．用半杯热水冲一袋吉利丁，用棒棒糖棒搅拌，直到吉利丁呈糖浆状。稍稍晾一会儿，免得烫伤皮肤。接下来，在皮肤上涂一层，涂成7厘

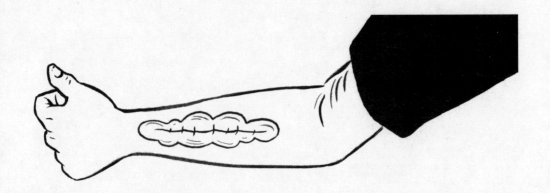

米高5厘米宽的长方形。晾干后，再涂一层。不要让吉利丁在杯子中的时间过长，否则它就会沉淀，想涂到皮肤上就难了。

3．在第二层吉利丁晾干之前，用棒棒糖棒在涂层中间划出"既深又长的伤口"。接下来，晾干。可能需要做些试验，调整吉利丁的厚度与结构，好让"伤口"看起来逼真。

4．一旦涂层涂好、"创伤"搞定，就应把红色乳霜涂在涂层上，让它的颜色与肤色混在一起。接下来，给"伤口"轻轻拍上一些肉色乳霜，与整个"伤口"区域混在一起。动作一定要尽可能柔和，免得吉利丁凹陷或扁平下去。

5．用化妆刷给"伤口"里层刷上一些红色食品着色剂，让它呈粉红色，看上去很疼。

6．用几滴红色食品着色剂与一餐匙水混合制造一些"血"，然后用棉花芽轻轻涂在"伤口"四周。接下来，晾干。

7．身体向后靠，欣赏自己的手艺。受了这么大的伤，同情肯定少不了，做好欣然接受的准备吧。

提醒一下，借别人的化妆品前最好征得对方同意，否则到最后你可能会真的"很受伤"。

口哨吹得震天响

吹口哨吹成调并不难，难的是把口哨吹得真正响。如果口哨吹得不够响，不但吸引不了别人的注意，也显示不出自己的高兴劲儿。想吹响口哨，就照着下面的做吧。

1. 要么"弄湿哨子"，要么喝水，因为学习吹响口哨是件"很口渴"的事儿。

2. 把一只手的拇指与食指拢成U形，U形上端的开口大约半厘米宽，然后把手指放进嘴里。

3. 嘴唇向后弯曲，贴着牙齿，围住手指。嘴唇只能被看到一小点儿，并且一定要绷紧。

4. 把舌头下压到下齿后，舌头中部应隆起，前部应又宽又平。

5. 往鼻孔里吸气，然后用舌面引导气流，通过手指间的缺口呼出。手指按到下唇和牙齿上会有所帮助。要多练习，直到完全搞清每样东西应处的位置。要调整呼吸，直到口哨的响亮程度达到极点。

口技表演：玩偶会说话

仅仅靠自己的声音和制造幻觉的能力，口技表演者就能让玩偶看起来有生命。要想成为一个优秀的口技表演者，要想让观众相信是玩偶在说话而不是你在说话，就有必要掌握一些基本技巧。

嘴唇别动

说话但嘴唇完全不动几乎是不可能的。因此，如果玩儿了命也不能让嘴唇不动，用不着郁闷。不过话又说回来，一定要尽量让嘴唇不动。

坐在镜子前，一根手指伸向嘴唇，好像在做"嘘"的手势，然后大声地背诵字母表。你会注意到，有些字母的发音让嘴唇动得更厉害一些，其中最厉害的是"b"、"p"、"m"和"w"。

怎么办呢？用相似的发音来代替这些字母的发音，让嘴唇动得不再那么厉害。比如说，把"b"发成"d"，"p"发成"kl"，"m"发成

"n"，"w"发成"ooh"。

这样发音刚开始时难免听起来怪怪的，但只要坚持练习就会发现，完全可以把这样的发音混进要说的话里，别人还发现不了。

别一不留神自己成了玩偶

想要口技表演成功，玩偶至关重要。如果玩偶看着滑稽，听起来好笑，就能让观众不再注意你的嘴唇。

任何东西都可以拿来当玩偶，一个旧布娃娃可以，一只玩具熊也可以。不过如果想练习，最好选袜子布偶（袜子上缝着两只耳朵。如果把拇指放进袜子的大趾中操作，又多了一张"嘴"）。如果选袜子布偶，那么当你说话的时候，就可以及时地移动袜子布偶的"嘴"来配合。

改变声音

不要忘了，口技表演的诀窍是愚弄观众，让他们相信不是你在说话，而是玩偶在说话。要做到这一点，办法之一就是让玩偶的"声音"听起来不同于你自己的声音。因此，要多做练习，改变说话的语气与速度。一定要在镜子前练习，这样才可以检查嘴唇动得厉害不厉害、动时能不能被发现。

泰山模仿秀

如果你看过《人猿泰山》这部电影，一定知道泰山是丛林之王。除了能斗败鳄鱼、从树上摆下来，泰山的丛林之吼也让人惊奇不已。其实，只要照着下面的提示做，你也能够像泰山那样吼叫。如果学会了像泰山那样吼叫，说不定还能招来动物呢。

找一个既可以练习又不惊扰邻居和朋友的地方。最好不要靠近动物园，以防万一。肺里充满气，然后从咽喉后部发出"啊嗨嗨嗨嗨"的声音。

两秒钟后，用拳头轻轻击胸。这样做可以改变嗓音，造成真假嗓音交替的效果。击打部位不同，发出的声音也会相应改变。

持续吼叫至少10秒钟，同时通过改变呼吸的气流，使吼叫发生变化。

来一个雷人的自行车横滑表演

自行车后轮打滑，也就是常说的"横滑"，是一种很雷人的特技，但又特别简单，稍加练习就能做到。如果想学自行车特技，就从横滑开始吧，效果相当不错的。

表演之前

● 选一辆车况良好的自行车，刹车要灵，车胎里气要足，胎面花纹要完好。

● 一定要穿上护肘、护膝，戴上头盔。

● 找一块硬场地，比如说，没有启用的柏油路，操场的硬化区，等等。在你表演横滑之前，应确保其他交通工具不使用那块场地。

开始表演

1. 开始时要骑得慢，速度大约相当于慢跑。如果觉得这样有一点慢，不用担心，因为一旦掌握了技巧，就会快起来。

2. 重心前移，离开自行车后轮，稍稍偏向右侧，就好像打算拐过一个街角。

3. 右脚抬离踏板，伸直，几乎挨着地面。接下来，猛压后刹车（通常位于自行车左侧，也不一定）。

4. 这时应能感到自行车后胎试图抓地，自行车开始旋转，滑向左侧。当自行车停下来时，应放下右腿保持平衡。

5. 多加练习，逐渐提速，最后一定能表演一个持续时间很长、很雷人的横滑。

打赌：赢得真爽

与同伴儿打赌没少输过吧？为什么不试试下面这个花招呢？保准赢。

你将需要

500克玉米粉；水；

一个大碗；一枚面值一英镑的硬币；

一块手表，或者，一块秒表。

照着做

1. 把玉米粉倒入碗中，慢慢加水，搅拌成黏稠的乳蛋糕状玉米糊。

2. 把一个同伴儿请进厨房，给他看搅拌好的玉米糊。

3. 请同伴儿拿出一枚面值一英镑的硬币，自己也要拿出一枚，然后把它们丢进碗里。

4. 请同伴儿把手伸进玉米糊里，在5秒内捞出一枚硬币。告诉他，如果他做到了，两枚硬币全归他。如果他做不到，两枚硬币归你。

5. 计时5秒，看同伴儿如何进行。

赢了

你将会看到，同伴儿越想快点抓住硬币，玉米糊就会越快越牢地黏住他的手。结果就是，他一枚硬币也别想捞到。

接下来，该你了。把手伸进玉米糊，动作要特别"慢"。找到一枚硬币后，也要慢慢地把它捞出来。

提示一下，事先要多多练习，把用时降至5秒或5秒以内。记住，手在玉米糊中动得越慢，就越容易捞出硬币。

讲笑话：小心笑破肚皮

应该做的事

• 应彻底了解要讲的笑话。有这样一种情况：一个人在讲笑话，讲着讲着，突然讲不下去了，因为他忘记了要讲的故事以及最大的笑料。我敢说，你碰到这样情况的次数肯定不少。

• 慢慢来。千万不可匆匆地讲完笑话。要自信，要享受讲笑话的乐趣。听众会分享你的乐趣，并且更容易在笑话讲完时笑起来。

• 笑话要短。如果笑话超过两分钟，就很难吸引住听众的注意力了。

• 笑话应讲得活灵活现。

• 最大的笑料不仅要猛，而且最好保留到笑话结束。观众在耐心等待那个会让他们哄堂大笑的超棒结尾，如果提前抖出最大笑料，就会让他们失望。

• 建一个笑话库。无论是从朋友还是从专业讲笑话者那里听来的笑话，只要是让你笑了的，都要试着模仿。此外，为了适合你讲，最好把它们改一下。

不应做的事

• 不要尝试用怪异的腔调讲笑话，除非能拿捏好。怪异的腔调不仅有可能让听众一头雾水，更有可能让他们讨厌。

• 不要什么笑话都讲。讲笑话应迎合听众的兴趣。

• 如果听众不喜欢你讲的笑话，不要气馁。应留意哪些片段把听众逗笑了，哪些片段引起了抱怨或嘘声。等下次再讲时，保留那些逗笑听众的片段，略去那些引起抱怨与嘘声的片段。

团雪球啦，打雪仗啦

团个棒极的雪球很容易？错了！每个人都会团雪球，但不是扔出去立马儿就碎，就是扔出去根本就不碎。想团出爆炸效果最佳的雪球，没有技术不行，不多练习也不行。

• 适宜的温度。团雪球的最佳时间，是户外温度在冰点左右。如果气温低于冰点，雪就会变干，成粉状，并且粘不到一起。这时候不妨试着用靠近房屋的雪，那里的雪可能多少暖点儿、多少湿点儿。

如果气温高于冰点，雪就会过于松软、过于湿润。这时不妨远离房屋，到避开了阳光直接照射的开阔地去找雪。那里的雪会更冰一点儿。

• 找到一片雪地后，拂去雪的顶层，使用已经挤压到一起的底层雪来团雪球。这样的雪团出的雪球最棒。

开始团雪球吧

压紧。手拢成杯形，把雪铲进去，然后挤压。挤压雪时，应该能听到雪发出的吱吱声。挤压雪不要用力过大，感觉到雪球已经变硬就停止。

给手里再添一铲雪，挤压到团好的雪球表面。

团雪球最好裸手。来自身体的热度会给雪加温，让雪球更容易成形。如果想检验一下"产品"，唯一的途径就是把它投出去。棒极的雪球受到碰撞应该会"爆炸"，应该会把靶子（或"受害者"）笼罩进一团雪云里，应该在被击中部位留下明显的雪印儿。

切记，千万不要朝别人脸上扔雪球，否则可能会砸伤人家的眼。千万不要朝行驶的汽车扔雪球，也不要朝车来车往的公路附近任何地方扔。

五 创意能力训练

你想过不提笔写出一个100吗？你想过做一个骑在马背上的牛仔吗？其实创意能力往往就在你的一些奇思妙想中，很多创意大师都是通过这些奇特的想法闻名世界的哦！

本章精彩内容

弹奏虚拟吉他也能成天王

你不仅长得像摇滚天王，派头也很足。但你走的是狗屎运，攒下的钱不够买一把芬达牌电吉他，参与在体育场举行的盛大演出一点门儿没有。不过别郁闷，有一种虚拟吉他，谁都买得起，谁都能弹奏。至于怎样弹奏，看下面就知道。

掌握基本原理

1．拿起虚拟吉他。把吉他带子环绕在脖子上，然后调整到适宜高度，以便于弹奏起来舒服。接下来，对着镜子，用几种姿势弹奏，决定吉他位置的高低，要么与臀部持平，要么低一点，与大腿持平。

2．漫不经心地练习弹奏。对任何虚拟吉他手来说，这都是关键的一步。如果你习惯用右手，那么就用右手在"弦"上上下挥动，手掌向内对着身体。如果想变换一下，可以假装握着一个弦拨（一种用来拨弦的工具，三角形，或单单用于拨弦，或用于漫不经心地弹奏）。

3．接下来练习弹奏和弦。所谓弹奏和弦就是同时弹奏几个音符。要做到这一点，左手的两个或更多手指应压在虚拟吉他的"颈"上。弹奏高音手要下移，低音则上移。

4. 选择乐曲。选择一首长的吉他独奏曲，这样就可以好好秀一下技巧。漫不经心地练习弹奏，手随高、低音的变化在吉他颈上上下移动。

5. 晃动全身，真正进入状态。

高级虚拟吉他

等到自信满满时，可以开始尝试更具挑战性的姿势，别怕丢脸。记住，你弹奏得越好，你就越生龙活虎。想象你正在跳跃，想象你正劈开双腿坐在地上，想象你把吉他举过头顶弹奏，想象你把吉他放在背上弹奏。你甚至可以想象，在演出终了，把吉他砸个稀巴烂。

摇滚天王

演出装可以提升你的表演。在电视或网络上观看你崇拜的摇滚明星的表演，模仿他们的穿着打扮。穿开裂的工装裤，戴头巾（就是把一块手帕缠在额头上）。瞧海报上轰的一声炸响，你已经成为一段真正的虚拟吉他摇滚传奇。

庆祝进球花样多

我能完成一个让人惊艳的射门吗？小菜一碟，只要进球后来一个别出心裁的庆祝就行。

来一个别出心裁的庆祝有诀窍，一是想象力要丰富，二是要及早筹划。

庆祝进行时

有一种庆祝方式可以轻松完成。

1. 在大赛前，买或者借一个可以在纺织品上面书写的笔。

2. 找一个破旧的白色T恤，背心也行，在上面写一句话。比如说，"妈妈你好"，或者"贝克汉姆·朱尼亚"，或者"下周让我上吧，教练"。

3．一旦墨迹干了，就把T恤（或背心）与运动装备包起来，然后带到赛场。

4．在更衣室里，趁人不注意，把T恤（或背心）穿到球衣下面。

5．走出去，踢球。一旦进球了，马上跑向角旗或者任何一个你想给他留下深刻印象的人，拽出球衣蒙住头，让人看清写在T恤上的那句话，然后展开双臂奔跑，直到队友追上并表示祝贺。

最后，提醒你一下，别撞上球场边的防护栏，那样做并不酷；别把功劳全揽到自己头上，那样做招人烦。

更多创意

• **独特的庆祝方式**。设计出独一份的庆祝方式，让每个人都参与进来。一些球员庆祝进球时，要么像风车一样转动一条胳膊，要么像飞机一样展开双臂。巴西的一个超级球星很高兴当了爸爸，于是当他进了球，就把胳膊摇得像一个摇篮。还有一些运动员庆祝时会来几个后空翻或翻筋斗。

• **球员的道具**。不要羞于运用道具。球员庆祝进球时，曾经有人戴上面具，或者口含婴儿奶嘴。什么道具都可以用，只要你能逃脱裁判员的眼睛，把道具带进球场。

牛屎"浮子"：不是牛屎

喜欢吃冰淇淋？还喜欢喝可乐？没问题，小菜一碟，制作有个性的牛屎"浮子"，会一下子搞定你的两样爱好。

你将需要

可乐，

巧克力冰淇淋，

一把汤匙，

一根吸管，

一个冰凉的玻璃杯。

制作过程

1．把冷水浇到一个大玻璃杯的外侧，然后把玻璃杯直接放进冰箱。冰冻15分钟左右，玻璃杯外侧的那层薄薄的水就会冻结。

2．从冰箱中取出玻璃杯，加入两勺巧克力冰淇淋。

3．把可乐慢慢倒进玻璃杯。

可乐会起泡、涨起，因此不能匆匆倒入杯子（如果气泡溢出玻璃杯，把食指放在玻璃杯的边缘，使气泡破裂）。

4．拿起汤匙放进玻璃杯。用吸管吸玻璃杯底的可乐。

制造声响：没事偷着乐

优秀的音效工程师能创造出一种让人信以为真的声响，来为某种行为伴奏，拿你耳朵开涮，并且还不会让你怀疑自己被骗了。

音效工程师的工作可谓棒极了。想不想做？如果想，就要了解成为音效工程师究竟都需要什么。一个真正的音效工程师应该拥有一套复杂的电子设备以及一间播音室，但对你来说，即使这些东西都没有也没有关系。制造超棒音效的关键是要有创造力。如果创造力很强，即使就地取材也能制造出需要的声响。

这里有一些能让人信以为真的声响，用简单的日常用品就能制造出来。不妨在朋友和家人身上试试，看能不能让他们上一回当。

● 对妈妈说你的手指伤得很严重，真想把它锯掉。然后从妈妈身边跑开（不能跑太远，否则妈妈就听不见了），用锯齿刀（有锯齿刃的刀）把一个生卷心菜锯成两半。这样做会制造出让人听了头发竖起的声响，过不了多久妈妈就会飞奔过来。

• 设想和一个朋友走在花园里，看到一个甲虫在地面上爬。当朋友视线转移，你就假装踩到了甲虫（别一不留神真的踩到）。一旦"踩"上去，就把藏在身后的一袋炸土豆片捏碎。如果做得很成功，朋友就会相信你真的踩死了可怜的甲虫。

• 妈妈递给你一封很重要的信件，要你在上学路上投进邮箱。一旦妈妈转身离开，就把信口放到嘴边用力吹，让吹出来的气流在信件的正面和背面流动。与此同时，双手动起来，就像正在把某样东西撕成两半。如果动作正确，制造出来的声音应该与把信撕裂的声音一模一样。等着看妈妈的脸吧，说不定鼻子都气歪了呢!

• 对爸爸说小弟弟（或小妹妹）惹得你难受，然后走到爸爸与小弟弟（或小妹妹）中间，背对着爸爸，用手猛拍自己的前臂。不出意外，爸爸会相信你真的揍了小弟弟（或小妹妹）。

• 当一个朋友坐在椅子上时，如果把手放在一个湿气球上摩擦，就会制造出一种让人脸红的声响，产生一种很搞笑的效果。

中间不提笔也能一下子写出100

与朋友赌一把，在一张纸上写出100，中间不提笔。不可能？能！只要照着下面的步骤练习就能！

骑着光溜溜的马扮牛仔

想没想过像电影里的西部牛仔那样，骑在光溜溜的马背上驰入落日余晖？那么就学会怎么做吧。如果学会了，没准儿好莱坞就来敲你的门了。

专业指导

最好向老骑手或训练有素的指导学骑光溜溜的马，上马前穿戴好所有相应的防护装。此外，还要听听下面的建议。

• 挑一匹马，骑着要稳当，背部要宽，肩隆（马肩片中间的脊状隆起）要低。这样的马骑起来才容易。

• 在尝试骑光溜溜的马前，最好骑在一匹配有鞍子但没配镫子的马上练练。

• 给裤子里加些衬垫，否则就等着疼吧！

开始骑吧

1. 脚踩着固定平台上马。骑上去后，花些时间把自己安顿好，使身体平衡。

2. 安顿好后，握住缰绳。出发。指导一定要走在身边，引导马。

3. 骑行间，头要抬着，眼睛要盯紧前方。不要朝下看，这样做会使你在马背上摇摆。

4. 腿要松松地耷拉着，就好像身体已经陷进马背。别企图夹紧大腿，脚跟不要紧压马的侧面。

5. 背要挺直。不要后仰，否则腿会被推得太靠前。也不要前倾，否则脚跟会错位。

6. 即使觉得要滑下来了，腿也不要夹马，否则马只会走得更快。

小牛仔，上跨吧！

滑下悬崖：不要学电影里的

对攀登者来说，下悬崖或高大建筑的最好办法，莫过于拽着绳索滑下去。这种办法全世界都在用，要么用于营救行动，要么用于洞穴考察，要么用于军事行动。如果想既安全又不失风度地滑下去，就读读下面的文字吧。

切记，下滑时，一定要有大人在一旁指导。一定要严格照着经验丰富的指导演示的去做，架设装备一定要专业。要戴上头盔，系上安全带与绳索，把一切都准备得妥妥当当。

热身

开始前要小跑一会儿。如果肌肉活动开了，不仅身体能伸展得更开，而且腿也能把你牢牢撑住，无论在什么高度。

基本动作

指导首先会把你牢牢缚在下滑器具里，接着会把一个下降装置穿进下滑器具正中的一个环里。这个下降装置可以阻止绳索移动。当然了，如果想滑下悬崖，可以往里面一点一点地送绳，速度要把握好。

如果准备做好就可以开始了，应背对悬崖边缘站在崖顶。身体稍稍后仰，双腿分开，踏住悬崖边缘。绳索会防止你跌落。"起飞"是下滑最难的一部分，需要花些时间。如果感觉太难，可试着坐在悬崖边缘，然后轻轻滑下。

当双脚稳稳踏住崖壁后，小跳一下，跳离崖壁。跳的时候，让绳索在手里滑动，以便给下降装置里送一小段儿。送进去的绳索应不多不少，刚刚够你下滑一小段距离。

运用上述技术继续下滑，一直滑到悬崖下面。

安全下降

• 细心选择下一个落脚点。每次下降时都要向下看，找到下一个适合落脚的点。这个点既要相对平坦，又不能被悬在上面的树或松动的岩石遮住。

• 每个下降阶段都要稳稳当当。一旦抵达了选定的落脚点，就用脚把自己支撑好。

• 速度要慢。从悬崖上滑下其实是个慢活儿，与电影里演的那个嗖嗖快大不一样。如果下跳太快，不仅会给绳索施加太多拉力，也会带落松动的岩石，弄不好会砸着你。

• 不要雄心勃勃。下滑时，下跳要细心。小而可控的下跳比大跳有效得多。如果这样做，就会有更多时间来思考下一个动作。不仅如此，这样做也可确保不犯导致跌落的低级错误。

图书在版编目（CIP）数据

男孩手册：动手能力训练/（英）奥利弗文；（英）谢帕德图；刘国伟译.
—南昌：江西科学技术出版社，2011.4
（男孩女孩最棒手册丛书）
ISBN 978-7-5390-4324-1

Ⅰ.①男… Ⅱ.①奥… ②谢… ③刘… Ⅲ.①男性-修养-少儿读物
Ⅳ.①B825-49

中国版本图书馆CIP数据核字（2011）第044453号

国际互联网（Internet）地址：http://www.jxkjcbs.com

选题序号：ZK2010093　图书代码：D11039-101　版权登记号：14-2011-86

THE BOYS' BOOK 2: How To Be The Best At Everything Again

First published in Great Britain in 2008 by Buster Books,

an imprint of Michael O'Mara Books Limited

9 Lion Yard, Tremadoc Road, London SW4 7NQ

Text and illustration copyright © Buster Books 2008

Title page illustration by Paul Moran

Simplified Chinese language edition is published by arrangement with Michael O'Mara Books Limited.

丛书总策划/黄利　监制/万夏

编辑策划/设计制作/奇迹童书 www.qijibooks.com

特约编辑/胡金环　纠错热线/ 010-64360026-187

男孩手册：动手能力训练

[英] 马丁·奥利弗/文　　[英] 戴维·谢帕德/图　刘国伟/译

出版发行 江西科学技术出版社

社址：南昌市蓼洲街2号附1号　邮编 330009

电话：(0791) 6623491　6639342（传真）

印刷：北京市兆成印刷有限责任公司

经销：各地新华书店

开本：787毫米×1092毫米　1/16

印张：9

字数：46千

版次：2011年8月第1版　2011年8月第1次印刷

书号：ISBN 978-7-5390-4324-1

定价：22.80元

奇迹童书 有爱有梦想

奇迹童书是什么？

阅读是亲子之爱的最佳传递方式
阅读是孩子建立梦想的最好途径

　　奇迹童书是北京紫图图书有限公司旗下品牌。奇迹童书致力于充满爱和梦想的儿童图书出版事业，我们同时也是一个充满爱和梦想的团队。奇迹童书出品的每一本书都是用爱心精心选择和制作的，它们也将是年轻父母们将爱传递给孩子的方式。愿我们的爱托起孩子充满梦想的未来！

意见反馈及质量投诉

　　奇迹图书上的专有标识代表了奇迹的品质。如果您有什么意见或建议，可以致电或发邮件给我们，我们有专人负责处理您的意见。对于您提出的可以令我们的图书获得改进的意见或建议，我们将在改版中真诚致谢，或以厚礼相谢；如果您购买的图书有装订质量问题，也可与我们联系，我们将直接为您更换。

联系电话：010—64360026—187　　　　联系人：郑小姐
联系邮箱：kanwuzito@163.com

延伸阅读

定价：25元

《陪女儿说说话》

最适合爸爸送给女儿的书，写尽了你的爱和期许

英国政治家菲力浦·切斯特菲尔德写给女儿的信。

欧洲、韩国、台湾地区最畅销的亲子教育读物。

协助父母更进一步深入了解女儿的内心世界。

定价：25元

《陪儿子说说话》

最适合爸爸送给儿子的书，写尽了你的爱和期许

英国政治家菲力浦·切斯特菲尔德写给儿子的信。

欧洲、韩国、台湾地区最畅销的亲子教育读物。

协助父母更进一步深入了解儿子的内心世界。

亲子馆更多精彩图书

《好妈妈的第一本亲子游戏书》

孩子跟妈妈抢着玩的 60 个游戏

从跟孩子制作盆景，到进行疯狂的家庭派对，一个都不会少。
妈妈与孩子搞好关系的必读作品。

定价: 19.8元

《好爸爸的第一本亲子游戏书》

孩子跟爸爸抢着玩的 70 个游戏

从打水漂比赛、制作纸飞机，到钓鱼，各种花样精彩不断。
爸爸与孩子搞好关系的必读作品。

定价: 19.8元

《英国好妈妈手册》

剑桥妈妈都会的 120 招驭儿术

不用含辛茹苦，不用苦口婆心，
开开心心做孩子的知心漂亮妈妈。

定价: 19.8元

《好爸爸手册》

剑桥爸爸都会的 150 招驭儿术

不再手足无措，不再斯文扫地。
轻松当一名魅力四射的时尚全能型好爸爸。

定价: 19.8元

《全家一起玩的亲子游戏》

100 种趣味游戏传递亲子之爱

表达亲子爱，没有那么难。
100个亲情游戏让亲情表达难题迎刃而解。

定价: 19.8元